・魯迅經典集・

朝花夕拾

魯迅 著
方志野 主編

前言

《朝花夕拾》原名《舊事重提》，是現代文學家魯迅的散文集，收錄魯迅於一九二六年創作的10篇回憶性散文，一九二八年由北京未名社出版。

此文集作為「回憶的記事」，多側面地反映了作者魯迅青少年時期的生活，形象地反映了他的性格和志趣的形成經過。前七篇反映他童年時代在紹興的家庭和私塾中的生活情景，後三篇敘述他從家鄉到南京，又到日本留學，然後回國教書的經歷；揭露了半封建半殖民地社會種種醜惡的不合理現象，同時反映了有抱負的青年知識份子在舊中國茫茫黑夜

中，不畏艱險，尋找光明的困難歷程，以及抒發了作者對往日親友、師長的懷念之情。

文集以記事為主，飽含著濃烈的抒情氣息，往往又夾以議論，做到了抒情、敘事和議論融為一體，優美和諧，樸實感人。作品富有詩情畫意，又不時穿插著幽默和諷喻；形象生動，格調明朗，有強烈的感染力。

(1)《狗．貓．鼠》描寫了作者仇貓的原因，取了「貓」這樣一個類型，諷刺了生活中與貓相似的人。

(2)《阿長與〈山海經〉》記述作者兒時與阿長相處的情景，表達了對她的懷念感激之情。

(3)《二十四孝圖》重點描寫了在閱讀「老萊娛親」和「郭巨埋兒」兩個故事時所引起的強烈反感，揭露了封建孝道的虛偽和殘酷，揭示了舊中國兒童的可憐的悲慘處境。

(4)《五猖會》以趕會為背景，描寫了封建制度對兒童天性的束縛和摧殘。

(5)《無常》通過描寫無常救人反遭毒打事件，表達了舊時代中國人民絕望於黑暗的社會，憤慨于人世的不平。

(6)《從百草園到三味書屋》描述了作者兒時在家中百草園得到的樂趣和在三味書屋讀書嚴格但不乏樂趣的生活，揭示兒童廣闊的生活趣味與束縛兒童天性的封建書塾教育的尖銳矛盾。

(7)《父親的病》重點回憶兒時為父親延醫治病的情景，描述了幾位「名醫」的行醫態度、作風、開方等種種表現，揭示了這些人巫醫不分、故弄玄虛、勒索錢財、草菅人命的實質。

(8)《瑣記》回憶了隔壁家表面對孩子好，其實是暗中使壞的衍太太，她是一個自私自利、奸詐、壞心眼的婦人。

(9)《藤野先生》記錄作者在日本留學時期的學習生活及他決定棄醫從文的原因，表達了對藤野先生深切的懷念。

(10)《范愛農》描述了范愛農在革命前不滿舊社會、追求

革命，辛亥革命後又備受打擊迫害的遭遇，表現了對舊民主革命的失望和對這位正直倔強的愛國者的同情和悼念。

《朝花夕拾》寫的雖然是個人的生活經歷和心路歷程，是對親人和師友的緬懷、眷念，但同時又超越於此而表現了一個特定歷史時代中國社會的面貌，提供了豐富、詳實的文獻資料。這是一般的回憶散文所不可企及的。因為這些散文中習見的只是一些純屬個人的所謂家務事、兒女情，純屬個人的沉浮起落和情感波瀾；主人公彷彿置身於世外桃源，一點也看不到身外湧動的時代風雲和飄散的炮火硝煙。有些散文作品有助於瞭解某個時期一部分知識份子的心態，卻難以展示他們所生活的那個時代的整體面貌，《朝花夕拾》則與此不同。由於作者具有遠大的志向和博大的襟懷，這就使作品顯示了抒寫個人遭遇與關注民族命運的緊密關聯，不僅展現了作者個人的足印、也展示了一個歷史時代的行跡。

前言

《朝花夕拾》是一本具有鮮明的個性色彩的散文集。這使它與同時期許多散文作家的作品明顯地區別開來。它具有一種適性任隋、灑脫不羈的風格，想說就說，想罵就罵，心中的種種愛憎悲歡，任其在筆下自然流瀉。他將敘事、寫景、議論、抒情這幾種表現方法緊密地融合在一起，使筆底波瀾呈現出千變萬化的態勢。他在格式上不斷出新，使每一篇作品都具有不同的構架。他繼承了中國古代散文的簡約、嚴謹，又借鑒了西方散文的靈動、機趣，可謂博採眾長，為我所用，但又不為所囿，而是大膽超越，自成一體。所有這些無不體現了他作為思想解放的先驅和藝術革新的旗手的特色，而且也正因為這樣，使《朝花夕拾》成為中國現代回憶散文的典範之作。

目錄

朝花夕拾

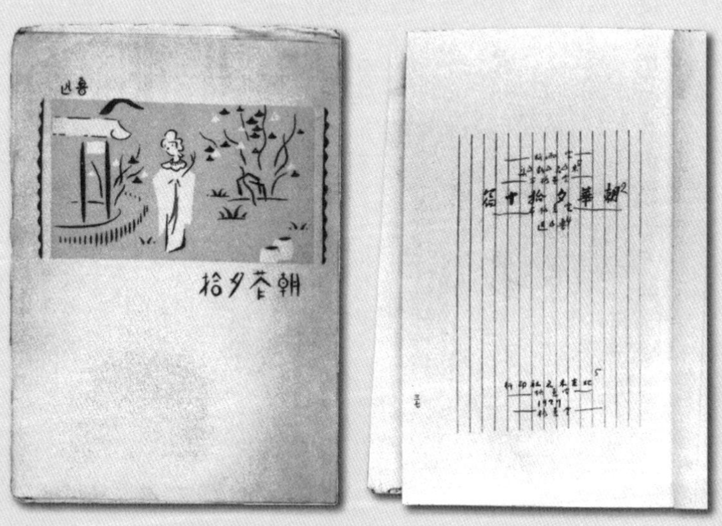

《朝花夕拾》封面及魯迅手擬扉頁。1928年8月未明社初版。

小引

我常想在紛擾中尋出一點閒靜來，然而委實不容易。目前是這麼離奇，心裏是這麼蕪雜。一個人做到只剩了回憶的時候，生涯大概總要算是無聊了罷，但有時竟會連回憶也沒有。中國的做文章有軌範，世事也仍然是螺旋。前幾天我離開中山大學的時候，便想起四個月以前的離開廈門大學；聽到飛機在頭上鳴叫，竟記得了一年前在北京城上日日旋繞的飛機。我那時還做了一篇短文，叫做《一覺》。現在是，連這「一覺」也沒有了。

廣州的天氣熱得真早，夕陽從西窗射入，逼得人只能勉

強穿一件單衣。書桌上的一盆「水橫枝」，是我先前沒有見過的：就是一段樹，只要浸在水中，枝葉便青蔥得可愛。看看綠葉，編編舊稿，總算也在做一點事。做著這等事，真是雖生之日，猶死之年，很可以驅除炎熱的。

前天，已將《野草》編定了；這回便輪到陸續載在《莽原》上的《舊事重提》，我還替他改了一個名稱：《朝花夕拾》。帶露折花，色香自然要好得多，但是我不能夠。便是現在心目中的離奇和蕪雜，我也還不能使他即刻幻化，轉成離奇和蕪雜的文章。或者，他日仰看流雲時，會在我的眼前一閃爍罷。

我有一時，曾經屢次憶起兒時在故鄉所吃的蔬果：菱角、羅漢豆、茭白、香瓜。凡這些，都是極其鮮美可口的；都曾是使我思鄉的蠱惑。後來，我在久別之後嘗到了，也不過如此；惟獨在記憶上，還有舊來的意味留存。他們也許要哄騙我一生，使我時時反顧。

這十篇就是從記憶中抄出來的，與實際內容或有些不同，然而我現在只記得是這樣。文體大概很雜亂，因為是或作或輟，經了九個月之多。環境也不一：前兩篇寫於北京寓所的東壁下；中三篇是流離中所作，地方是醫院和木匠房；後五篇卻在廈門大學的圖書館的樓上，已經是被學者們擠出集團之後了。

一九二七年五月一日，魯迅於廣州白雲樓記

名家．解讀

之後了本篇最新發表於一九二七年5月25日北京《莽原》半月刊第二卷第十期。置於卷首，與作者在《莽原》上刊載的回憶散文《舊事重提》結集，改題《朝花夕拾》，作為「未名新集」之一種，由北京未名社一九二八年9月出

版。一九三二年9月改由上海北新書局出版。書題之「朝花」是這些散文記述的對象，「夕拾」是指記述者主體的寫作時間與方式。在這一「朝」—「夕」之間，已經相隔二三十年，甚至更長一點時間。因而這些散文表現了與「帶露折花」不同的藝術情調，其間有對故土因緣和精神家園的反思，包含民間傳說、民俗表演、自然情趣和人間新情；又有對自己早年人生道路的重審，包括家庭破落，以及在異地異邦求學交友。時間的距離使作者談論著另一個「我」，閱歷昇華著感受，理性浸淫於感情，使文風顯得歷練、深邃，往事今感交織，於揮灑從容處顯得感慨多端。

——楊義《魯迅作品精華》

狗・貓・鼠

從去年起，彷彿聽得有人說我是仇貓的。那根據自然是在我的那一篇《兔和貓》；這是自畫招供，當然無話可說，——但倒也毫不介意。一到今年，我可很有點擔心了。我是常不免於弄弄筆墨的，寫了下來，印了出去，對於有些人似乎總是搔著癢處的時候少，碰著痛處的時候多。萬一不謹，甚而至於得罪了名人或名教授，或者更甚而至於得罪了「負有指導青年責任的前輩」之流，可就危險已極。為什麼呢？因為這些大腳色是「不好惹」的。怎地「不好惹」呢？就是怕要渾身發熱之後，做一封信登在報紙上，廣告道：

「看哪！狗不是仇貓的麼？魯迅先生卻自己承認是仇貓的，而他還說要打『落水狗』！」

這「邏輯」的奧義，即在用我的話，來證明我倒是狗，於是而凡有言說，全都根本推翻，即使我說二二得四，三三見九，也沒有一字不錯。這些既然都錯，則紳士口頭的二二得七，三三見千等等，自然就不錯了。

我於是就間或留心著查考它們成仇的「動機」。這也並非敢妄學現下的學者以動機來褒貶作品的那些時髦，不過想給自己預先洗刷洗刷。據我想，這在動物心理學家，是用不著費什麼力氣的，可惜我沒有這學問。後來，在覃哈特博士（Dr．O．Dhnhardt）的《自然史底國民童話》裏，總算發見了那原因了。據說，是這麼一回事：動物們因為要商議要事，開了一個會議，鳥、魚、獸都齊集了，單是缺了象。大家議定，派夥計去迎接它，拈到了當這差使的鬮的就是狗。「我怎麼找到那象呢？我沒有見過它，也和它不認識。」它

問。「那容易，」大眾說，「它是駝背的。」狗去了，遇見一匹貓，立刻弓起脊梁來，它便招待，同行，將弓著脊梁的貓介紹給大家道：「象在這裏！」但是大家都嗤笑它了。從此以後，狗和貓便成了仇家。

日爾曼人走出森林雖然還不很久，學術文藝卻已經很可觀，便是書籍的裝潢，玩具的工致，也無不令人心愛。獨有這一篇童話卻實在不漂亮；結怨也結得沒有意思。貓的弓起脊梁，並不是希圖冒充，故意擺架子的，其咎卻在狗的自己沒眼力。然而原因也總可以算作一個原因。我的仇貓，是和這大大兩樣的。

其實人禽之辨，本不必這樣嚴。在動物界，雖然並不如古人所幻想的那樣舒適自由，可是嚕蘇做作的事總比人間少。它們適性任情，對就對，錯就錯，不說一句分辯話。蟲蛆也許是不乾淨的，但它們並沒有自鳴清高；鷙禽猛獸以較弱的動物為餌，不妨說是兇殘的罷，但它們從來就沒有豎過

「公理」「正義」的旗子，使犧牲者直到被吃的時候為止，還是一味佩服讚歎它們。人呢，能直立了，自然是一大進步；能說話了，自然又是一大進步；能寫字作文了，自然又是一大進步。然而也就墮落，因為那時也開始了說空話。說空話尚無不可，甚至於連自己也不知道說著違心之論，則對於只能嗥叫的動物，實在免不得「顏厚有忸怩」。假使真有一位一視同仁的造物主，高高在上，那麼，對於人類的這些小聰明，也許倒以為多事，正如我們在萬生園裏，看見猴子翻筋斗，母象請安，雖然往往破顏一笑，但同時也覺得不舒服，甚至於感到悲哀，以為這些多餘的聰明，倒不如沒有的好罷。然而，既經為人，便也只好「黨同伐異」，學著人們的說話，隨俗來談一談，——辯一辯了。

現在說起我仇貓的原因來，自己覺得是理由充足，而且光明正大的。一，它的性情就和別的猛獸不同，凡捕食雀鼠，總不肯一口咬死，定要盡情玩弄，放走，又捉住，捉

住，又放走，直待自己玩厭了，這才吃下去，頗與人們的幸災樂禍，慢慢地折磨弱者的壞脾氣相同。二，它不是和獅虎同族的麼？可是有這麼一副媚態！但這也許是限於天分之故罷，假使它的身材比現在大十倍，那就真不知道它所取的是怎麼一種態度。然而，這些口實，彷彿又是現在提起筆來的時候添出來的，雖然也像是當時湧上心來的理由。要說得可靠一點，或者倒不如說不過因為它們配合時候的嗥叫，手續竟有這麼繁重，鬧得別人心煩，尤其是夜間要看書，睡覺的時候。當這些時候，我便要用長竹竿去攻擊它們。狗們在大道上配合時，常有閑漢拿了木棍痛打；我曾見大勃呂該爾（P・Bruegeld・）的一張銅版畫AllegoriederWollust上，也畫著這回事，可見這樣的舉動，是中外古今一致的。自從那執拗的奧國學者弗羅特（S・Freud）提倡了精神分析說——Psychoanalysis，聽說章士釗先生是譯作「心解」的，雖然簡古，可是實在難解得很——以來，我們的名人名教授也頗

有隱隱約約，撿來應用的了，這些事便不免又要歸宿到性欲上去。打狗的事我不管，至於我的打貓，卻只因為它們嚷嚷，此外並無惡意，我自信我的嫉妒心還沒有這麼博大，當現下「動輒獲咎」之秋，這是不可不預先聲明的。例如人們當配合之前，也很有些手續，新的是寫情書，少則一束，多則一捆；舊的是什麼「問名」「納采」，磕頭作揖，去年海昌蔣氏在北京舉行婚禮，拜來拜去，就十足拜了三天，還印有一本紅面子的《婚禮節文》，《序論》裏大發議論道：「平心論之，既名為禮，當必繁重。專圖簡易，何用禮為？……然則世之有志於禮者，可以興矣！不可退居於禮所不下之庶人矣！」然而我毫不生氣，這是因為無須我到場；因此也可見我的仇貓，理由實在簡簡單單，只為了它們在我的耳朵邊盡嚷的緣故。人們的各種禮式，局外人可以不見不聞，我就滿不管，但如果當我正要看書或睡覺的時候，有人來勒令朗誦情書，奉陪作揖，那是為自衛起見，還要用長竹

竿來抵禦的。還有，平素不大交往的人，忽而寄給我一個紅帖子，上面印著「為舍妹出閣」，「小兒完姻」，「敬請觀禮」或「闔第光臨」這些含有「陰險的暗示」的句子，使我不花錢便總覺得有些過意不去的，我也不十分高興。

但是，這都是近時的話。再一回憶，我的仇貓卻遠在能夠說出這些理由之前，也許是還在十歲上下的時候了。至今還分明記得，那原因是極其簡單的：只因為它吃老鼠，——吃了我飼養著的可愛的小小的隱鼠。

聽說西洋是不很喜歡黑貓的，不知道可確；但 Edgar Allan Poe 的小說裏的黑貓，卻實在有點駭人。日本的貓善於成精，傳說中的「貓婆」，那食人的慘酷確是更可怕。中國古時候雖然曾有「貓鬼」，近來卻很少聽到貓的興妖作怪，似乎古法已經失傳，老實起來了。只是我在童年，總覺得它有點妖氣，沒有什麼好感。那是一個我的幼時的夏夜，我躺在一株大桂樹下的小板桌上乘涼，祖母搖著芭蕉扇坐在

桌旁，給我猜謎，講故事。忽然，桂樹上沙沙地有趾爪的爬搔聲，一對閃閃的眼睛在暗中隨聲而下，使我吃驚，也將祖母講著的話打斷，另講貓的故事了——

「你知道麼？貓是老虎的先生。」她說。「小孩子怎麼會知道呢，貓是老虎的師父。老虎本來是什麼也不會的，就投到貓的門下來。貓就教給它撲的方法，捉的方法，吃的方法，像自己的捉老鼠一樣。這些教完了；老虎想，本領都學到了，誰也比不過它了，只有老師的貓還比自己強，要是殺掉貓，自己便是最強的腳色了。它打定主意，就上前去撲貓。貓是早知道它的來意的，一跳，便上了樹，老虎卻只能眼睜睜地在樹下蹲著。它還沒有將一切本領傳授完，還沒有教給它上樹。」

這是僥倖的，我想，幸而老虎很性急，否則從桂樹上就會爬下一匹老虎來。然而究竟很怕人，我要進屋子裏睡覺去了。夜色更加黯然；桂葉瑟瑟地作響，微風也吹動了，想來

草席定已微涼，躺著也不至於煩得翻來覆去了。

幾百年的老屋中的豆油燈的微光下，是老鼠跳樑的世界，飄忽地走著，吱吱地叫著，那態度往往比「名人名教授」還軒昂。貓是飼養著的，然而吃飯不管事。祖母她們雖然常恨鼠子們齧破了箱櫃，偷吃了東西，我卻以為這也算不得什麼大罪，也和我不相干，況且這類壞事大概是大個子的老鼠做的，決不能誣陷到我所愛的小鼠身上去。這類小鼠大抵在地上走動，只有拇指那麼大，也不很畏懼人，我們那裏叫它「隱鼠」，與專住在屋上的偉大者是兩種。我的床前就帖著兩張花紙，一是「八戒招贅」，滿紙長嘴大耳，我以為不甚雅觀；別的一張「老鼠成親」卻可愛，自新郎新婦以至儐相、賓客、執事，沒有一個不是尖腮細腿，像煞讀書人的，但穿的都是紅衫綠褲。我想，能舉辦這樣大儀式的，一定只有我所喜歡的那些隱鼠。現在是粗俗了，在路上遇見人類的迎娶儀仗，也不過當作性交的廣告看，不甚留心；但那

時的想看「老鼠成親」的儀式，卻極其神往，即使像海昌蔣氏似的連拜三夜，怕也未必會看得心煩。正月十四的夜，是我不肯輕易便睡，等候它們的儀仗從床下出來的夜。然而仍然只看見幾個光著身子的隱鼠在地面遊行，不像正在辦著喜事。直到我熬不住了，快快睡去，一睜眼卻已經天明，到了燈節了。也許鼠族的婚儀，不但不分請帖，來收羅賀禮，雖是真的「觀禮」，也絕對不歡迎的罷，我想，這是它們向來的習慣，無法抗議的。

老鼠的大敵其實並不是貓。春後，你聽到它「咋！咋咋咋咋！」地叫著，大家稱為「老鼠數銅錢」的，便知道它的可怕的屠伯已經光降了。這聲音是表現絕望的驚恐的，雖然遇見貓，還不至於這樣叫。貓自然也可怕，但老鼠只要竄進一個小洞去，它也就奈何不得，逃命的機會還很多。

獨有那可怕的屠伯——蛇，身體是細長的，圓徑和鼠子差不多，凡鼠子能到的地方，它也能到，追逐的時間也格外

長，而且萬難倖免，當「數錢」的時候，大概是已經沒有第二步辦法的了。

有一回，我就聽得一間空屋裏有著這種「數錢」的聲音，推門進去，一條蛇伏在橫樑上，看地上，躺著一匹隱鼠，口角流血，但兩脅還是一起一落的。取來給躺在一個紙盒子裏，大半天，竟醒過來了，漸漸地能夠飲食，行走，到第二日，似乎就復了原，但是不逃走。放在地上，也時時跑到人面前來，而且緣腿而上，一直爬到膝髁。給放在飯桌上，便檢吃些菜渣，舐舐碗沿；放在我的書桌上，則從容地遊行，看見硯臺便舐吃了研著的墨汁。這使我非常驚喜了。我聽父親說過的，中國有一種墨猴，只有拇指一般大，全身的毛是漆黑而且發亮的。它睡在筆筒裏，一聽到磨墨，便跳出來，等著，等到人寫完字，套上筆，就舐盡了硯上的餘墨，仍舊跳進筆筒裏去了。我就極願意有這樣的一個墨猴，可是得不到；問那裏有，那裏買的呢，誰也不知道。「慰情

聊勝無」，這隱鼠總可以算是我的墨猴了罷，雖然它舐吃墨汁，並不一定肯等到我寫完字。

現在已經記不分明，這樣地大約有一兩月；有一天，我忽然感到寂寞了，真所謂「若有所失」。我的隱鼠，是常在眼前遊行的，或桌上，或地上。而這一日卻大半天沒有見，大家吃午飯了，也不見它走出來，平時，是一定出現的。我再等著，再等它一半天，然而仍然沒有見。

長媽媽，一個一向帶領著我的女工，也許是以為我等得太苦了罷，輕輕地來告訴我一句話。這即刻使我憤怒而且悲哀，決心和貓們為敵。她說：隱鼠是昨天晚上被貓吃去了！

當我失掉了所愛的，心中有著空虛時，我要充填以報仇的惡念！

我的報仇，就從家裏飼養著的一匹花貓起手，逐漸推廣，至於凡所遇見的諸貓。最先不過是追趕，襲擊；後來卻愈加巧妙了，能飛石擊中它們的頭，或誘入空屋裏面，打得

它垂頭喪氣。這作戰繼續得頗長久，此後似乎貓都不來近我了。但對於它們縱使怎樣戰勝，大約也算不得一個英雄；況且中國畢生和貓打仗的人也未必多，所以一切韜略、戰績，還是全部省略了罷。

但許多天之後，也許是已經經過了大半年，我竟偶然得到一個意外的消息：那隱鼠其實並非被貓所害，倒是它緣著長媽媽的腿要爬上去，被她一腳踏死了。

這確是先前所沒有料想到的。現在我已經記不清當時是怎樣一個感想，但和貓的感情卻終於沒有融和；到了北京，還因為它傷害了兔的兒女們，便舊隙夾新嫌，使出更辣的辣手。「仇貓」的話柄，也從此傳揚開來。然而在現在，這些早已是過去的事了，我已經改變態度，對貓頗為客氣，倘其萬不得已，則趕走而已，絕不打傷它們，更何況殺害。這是我近幾年的進步。經驗既多，一旦大悟，知道貓的偷魚肉，拖小雞，深夜大叫，人們自然十之九是憎惡的，而這憎惡是

在貓身上。假如我出而為人們驅除這憎惡，打傷或殺害了它，它便立刻變為可憐，那憎惡倒移在我身上了。所以，目下的辦法，是凡遇貓們搗亂，至於有人討厭時，我便站出去，在門口大聲叱曰：「噓！滾！」小小平靜，即回書房，這樣，就長保著禦侮保家的資格。其實這方法，中國的官兵就常在實做的，他們總不肯掃清土匪或撲滅敵人，因為這麼一來，就要不被重視，甚至於因失其用處而被裁汰。我想，如果能將這方法推廣應用，我大概也總可望成為所謂「指導青年」的「前輩」的罷，但現下也還未決心實踐，正在研究而且推敲。

一九二六年二月二十一日

《朝花夕拾》裏是有諷刺，特別是一些與現實鬥爭聯繫較緊的文字，常在回憶中插入正面的譏諷，閃耀著批判的鋒芒，如《狗・貓・鼠》這篇一開頭，回擊「現代評論派」，直接引用「正人君子」說過的一句話來嘲笑「正人君子」，就是一種諷刺。但是從總體看，全書用的更多的是幽默，可以說幾乎每一篇都有某種幽默的氣質。就《狗・貓・鼠》這篇來說，裏面用了許多諷刺的語言，但全篇文章的主意命題的角度本身卻又是幽默的。「正人君子」不是誣衊魯迅「仇貓」嗎，魯迅偏偏回憶起自己兒時為何「仇貓」，順便就給「貓」（實指「正人君子」）的「媚態」畫了張相。不去和論敵正面糾纏，而在一個更高的角度上，用這種多少有點開玩笑的方式去回敬論敵，這笑就像鞭子，給論敵以苦辣的抽打，叫論敵挨了打卻有苦難言，這正顯現了幽默的力量。

——溫儒敏《雍容・幽默・簡單味——〈朝花夕拾〉風格論》

阿長與《山海經》

長媽媽，已經說過，是一個一向帶領著我的女工，說得闊氣一點，就是我的保姆。我的母親和許多別的人都這樣稱呼她，似乎略帶些客氣的意思。只有祖母叫她阿長。我平時叫她「阿媽」，連「長」字也不帶；但到憎惡她的時候，——例如知道了謀死我那隱鼠的卻是她的時候，就叫她阿長。

我們那裏沒有姓長的；她生得黃胖而矮，「長」也不是形容詞。又不是她的名字，記得她自己說過，她的名字是叫作什麼姑娘的。什麼姑娘，我現在已經忘卻了，總之不是長

姑娘；也終於不知道她姓什麼。記得她也曾告訴過我這個名稱的來歷：先前的先前，我家有一個女工，身材生得很高大，這就是真阿長。後來她回去了，我那什麼姑娘才來補她的缺，然而大家因為叫慣了，沒有再改口，於是她從此也就成為長媽媽了。

雖然背地裏說人長短不是好事情，但倘使要我說句真心話，我可只得說：我實在不大佩服她。最討厭的是常喜歡切切察察，向人們低聲絮說些什麼事。還豎起第二個手指，在空中上下搖動，或者點著對手或自己的鼻尖。我的家裏一有些小風波，不知怎的我總疑心和這「切切察察」有些關係。又不許我走動，拔一株草，翻一塊石頭，就說我頑皮，要告訴我的母親去了。一到夏天，睡覺時她又伸開兩腳兩手，在床中間擺成一個「大」字，擠得我沒有餘地翻身，久睡在一角的席子上，又已經烤得那麼熱。推她呢，不動；叫她呢，也不聞。

「長媽媽生得那麼胖，一定很怕熱罷？晚上的睡相，怕不見得很好罷？……」

母親聽到我多回訴苦之後，曾經這樣地問過她。我也知道這意思是要她多給我一些空席。她不開口。但到夜裏，我熱得醒來的時候，卻仍然看見滿床擺著一個「大」字，一條臂膊還擱在我的頸子上。我想，這實在是無法可想了。

但是她懂得許多規矩；這些規矩，也大概是我所不耐煩的。一年中最高興的時節，自然要數除夕了。辭歲之後，從長輩得到壓歲錢，紅紙包著，放在枕邊，只要過一宵，便可以隨意使用。睡在枕上，看著紅包，想到明天買來的小鼓、刀槍、泥人、糖菩薩……。然而她進來，又將一個福橘放在床頭了。

「哥兒，你牢牢記住！」她極其鄭重地說。「明天是正月初一，清早一睜開眼睛，第一句話就得對我說：『阿媽，恭喜恭喜！』記得麼？你要記著，這是一年的運氣的事情。

不許說別的話！說過之後，還得吃一點福橘。」她又拿起那橘子來在我的眼前搖了兩搖，「那麼，一年到頭，順順流流……。」

夢裏也記得元旦的，第二天醒得特別早，一醒，就要坐起來。她卻立刻伸出臂膊，一把將我按住。我驚異地看她時，只見她惶急地看著我。

她又有所要求似的，搖著我的肩。我忽而記得了——

「阿媽，恭喜……。」

「恭喜恭喜！大家恭喜！真聰明！恭喜恭喜！」她於是十分歡喜似的，笑將起來，同時將一點冰冷的東西，塞在我的嘴裏。我大吃一驚之後，也就忽而記得，這就是所謂福橘，元旦辟頭的磨難，總算已經受完，可以下床玩耍去了。

她教給我的道理還很多，例如說人死了，不該說死掉，必須說「老掉了」；死了人，生了孩子的屋子裏，不應該走進去；飯粒落在地上，必須揀起來，最好是吃下去；曬褲子

用的竹竿底下，是萬不可鑽過去的……。此外，現在大抵忘卻了，只有元旦的古怪儀式記得最清楚。總之：都是些煩瑣之至，至今想起來還覺得非常麻煩的事情。

然而我有一時也對她發生過空前的敬意。她常常對我講「長毛」。她之所謂「長毛」者，不但洪秀全軍，似乎連後來一切土匪強盜都在內，但除卻革命黨，因為那時還沒有。她說得長毛非常可怕，他們的話就聽不懂。她說先前長毛進城的時候，我家全都逃到海邊去了，只留一個門房和年老的煮飯老媽子看家。後來長毛果然進門來了，那老媽子便叫他們「大王」，——據說對長毛就應該這樣叫，——訴說自己的饑餓。長毛笑道：「那麼，這東西就給你吃了罷！」將一個圓圓的東西擲了過來，還帶著一條小辮子，正是那門房的頭。煮飯老媽子從此就駭破了膽，後來一提起，還是立刻面如土色，自己輕輕地拍著胸脯道：「阿呀，駭死我了，駭死我了……。」

我那時似乎倒並不怕，因為我覺得這些事和我毫不相干的，我不是一個門房。但她大概也即覺到了，說道：「像你似的小孩子，長毛也要擄的，擄去做小長毛。還有好看的姑娘，也要擄。」

「那麼，你是不要緊的。」我以為她一定最安全了，既不做門房，又不是小孩子，也生得不好看，況且頸子上還有許多炙瘡疤。

「那裏的話？！」她嚴肅地說。「我們就沒有用麼？我們也要被擄去。城外有兵來攻的時候，長毛就叫我們脫下褲子，一排一排地站在城牆上，外面的大炮就放不出來；再要放，就炸了！」

這實在是出於我意想之外的，不能不驚異。我一向只以為她滿肚子是麻煩的禮節罷了，卻不料她還有這樣偉大的神力。從此對於她就有了特別的敬意，似乎實在深不可測；夜間的伸開手腳，佔領全床，那當然是情有可原的了，倒應該我退讓。

這種敬意，雖然也逐漸淡薄起來，但完全消失，大概是在知道她謀害了我的隱鼠之後。那時就極嚴重地詰問，而且當面叫她阿長。我想我又不真做小長毛，不去攻城，也不放炮，更不怕炮炸，我懼憚她什麼呢！

但當我哀悼隱鼠，給它復仇的時候，一面又在渴慕著繪圖的《山海經》了。這渴慕是從一個遠房的叔祖惹起來的。他是一個胖胖的，和藹的老人，愛種一點花木，如珠蘭、茉莉之類，還有極其少見的，據說從北邊帶回去的馬纓花。他的太太卻正相反，什麼也莫名其妙，曾將曬衣服的竹竿擱在珠蘭的枝條上，枝折了，還要憤憤地咒罵道：「死屍！」這老人是個寂寞者，因為無人可談，就很愛和孩子們往來，有時簡直稱我們為「小友」。在我們聚族而居的宅子裏，只有他書多，而且特別。制藝和試帖詩，自然也是有的；但我卻只在他的書齋裏，看見過陸璣的《毛詩草木鳥獸蟲魚疏》，

還有許多名目很生的書籍。我那時最愛看的是《花鏡》，上面有許多圖。他說給我聽，曾經有過一部繪圖的《山海經》，畫著人面的獸，九頭的蛇，三腳的鳥，生著翅膀的人，沒有頭而以兩乳當作眼睛的怪物，……可惜現在不知道放在那裏了。

我很願意看看這樣的圖畫，但不好意思力逼他去尋找，他是很疏懶的。問別人呢，誰也不肯真實地回答我。壓歲錢還有幾百文，買罷，又沒有好機會。有書買的大街離我家遠得很，我一年中只能在正月間去玩一趟，那時候，兩家書店都緊緊地關著門。

玩的時候倒是沒有什麼的，但一坐下，我就記得繪圖的《山海經》。

大概是太過於念念不忘了，連阿長也來問《山海經》是怎麼一回事。這是我向來沒有和她說過的，我知道她並非學者，說了也無益；但既然來問，也就都對她說了。

過了十多天，或者一個月罷，我還很記得，是她告假回家以後的四五天，她穿著新的藍布衫回來了，一見面，就將一包書遞給我，高興地說道：——

「哥兒，有畫兒的『三哼經』，我給你買來了！」

我似乎遇著了一個霹靂，全體都震悚起來；趕緊去接過來，打開紙包，是四本小小的書，略略一翻，人面的獸，九頭的蛇，……果然都在內。

這又使我發生新的敬意了，別人不肯做，或不能做的事，她卻能夠做成功。她確有偉大的神力。謀害隱鼠的怨恨，從此完全消滅了。

這四本書，乃是我最初得到，最為心愛的寶書。

書的模樣，到現在還在眼前。可是從還在眼前的模樣來說，卻是一部刻印都十分粗拙的本子。紙張很黃；圖像也很壞，甚至於幾乎全用直線湊合，連動物的眼睛也都是長方形的。但那是我最為心愛的寶書，看起來，確是人面的獸；九

頭的蛇；一腳的牛；袋子似的帝江；沒有頭而「以乳為目，以臍為口」，還要「執干戚而舞」的刑天。

此後我就更其搜集繪圖的書，於是有了石印的《爾雅音圖》和《毛詩品物圖考》，又有了《點石齋叢畫》和《詩畫舫》。《山海經》也另買了一部石印的，每卷都有圖贊，綠色的畫，字是紅的，比那木刻的精緻得多了。這一部直到前年還在，是縮印的郝懿行疏。木刻的卻已經記不清是什麼時候失掉了。

我的保姆，長媽媽即阿長，辭了這人世，大概也有了三十年了罷。我終於不知道她的姓名，她的經歷；僅知道有一個過繼的兒子，她大約是青年守寡的孤孀。

仁厚黑暗的地母呵，願在你懷裏永安她的魂靈！

三月十日

《阿長與〈山海經〉》是魯迅從「記憶」土壤中培育出的一朵鮮花。在這朵「朝花」上，沾滿了作者感情的露水，晶瑩鮮麗，素樸清新，特別動人。

作者是懷著誠摯的感情，為人們塑造了一個純樸善良的農婦形象，抒發了自己對她深沉的懷念。一開始，魯迅便通過長媽媽「名稱的來歷」生動地反映了她的身世，她不僅沒有姓名，甚至連外號也是頂替別人的，地位何等卑微！魯迅曾說過，舊中國的婦女，數千年來沒有爭得做人的地位，她們「連羊還不如」。姓名都被人「忘卻」了的長媽媽，豈不正是千千萬萬舊中國農村勞動婦女的典型！

魯迅對長媽媽集中寫她某些特點，從而表現其神態，顯示其靈魂。長媽媽有許多令人「討厭」的缺點，「常喜歡切切察察，向人們低聲絮說些什麼事」，因而有時在家裏引起

一點「小風波」。長媽媽沒有知識，但卻又懂得許多令人「不耐煩」的規矩和使人感到「非常麻煩」的道理，「例如說人死了，不該說死掉，必須說『老掉了』；死了人，生了孩子的屋子裏，不應該走進去；飯粒落在地上，必須揀起來，最好是吃下去；曬褲子用的竹竿底下，是萬不可鑽過去的」等等，實是煩瑣之至；至於對「長毛」的看法，那就很有些「反動」了。這些細端末節，猶如無數道光束，雖然微弱但卻頗為集中地匯映出長媽媽的愚昧無知、落後陳腐，以及作為一個普通勞動婦女的善良心靈。就在她那教給小主人的許多道理中，在她不許他這樣或那樣的管教中，從她在大年初一把一瓣冰冷的橘子塞進他口中的粗魯動作中，都微妙地表露出她對「我」的鍾愛。其實，在家裏，只有她才真正關心著「我」，她瞭解「我」的愛好，知道「我」的需要，領會「我」的痛苦，這一心意就在購買《山海經》的情節中猛然外露了。當「我」因渴慕繪圖的《山海經》而十分

苦惱時，沒有文化的她得知後牢牢記在心裏，過幾天居然買到送來，「我」因此大為感動，「似乎遇著一個霹靂，全體都震悚起來」，所有「抱怨」，「從此完全消滅」，於是對她「發生新的敬意」。長媽媽的形象，一附麗於這一動人事件，便陡然豐滿了。作者高明地通過這一情節，引發讀者達到「妙悟」境界，從此物、此事、此景中「悟」到此人、此心、此情，獲得對這一形象本質的認識，這種刻意傳神的手法是十分靈巧的。

——陳孝生《傳神的寫意畫》

本家的一位老人告訴魯迅，有一部叫《山海經》的書上畫有很多怪物，很有趣，魯迅極想得到。後來保姆長媽媽設法為他買來。

二十四孝圖

我總要上下四方尋求，得到一種最黑，最黑，最黑的咒文，先來詛咒一切反對白話，妨害白話者。即使人死了真有靈魂，因這最惡的心，應該墮入地獄，也將決不改悔，總要先來詛咒一切反對白話，妨害白話者。

自從所謂「文學革命」以來，供給孩子的書籍，和歐、美、日本的一比較，雖然很可憐，但總算有圖有說，只要能讀下去，就可以懂得的了。可是一班別有心腸的人們，便竭力來阻遏它，要使孩子的世界中，沒有一絲樂趣。北京現在常用「馬虎子」這一句話來恐嚇孩子們。或者說，那就是

《開河記》上所載的，給隋煬帝開河，蒸死小兒的麻叔謀；正確地寫起來，須是「麻胡子」。那麼，這麻叔謀乃是胡人了。但無論他是甚麼人，他的吃小孩究竟也還有限，不過盡他的一生。妨害白話者的流毒卻甚於洪水猛獸，非常廣大，也非常長久，能使全中國化成一個麻胡，凡有孩子都死在他肚子裏。——只要對於白話來加以謀害者，都應該滅亡！

這些話，紳士們自然難免要掩住耳朵的，因為就是所謂「跳到半天空，罵得體無完膚，——還不肯甘休。」而且文士們一定也要罵，以為大悖於「文格」，亦即大損於「人格」。豈不是「言者心聲也」麼？「文」和「人」當然是相關的，雖然人間世本來千奇百怪，教授們中也有「不尊敬」作者的人格而不能「不說他的小說好」的特別種族。但這些我都不管，因為我幸而還沒有爬上「象牙之塔」去，正無須怎樣小心。倘若無意中竟已撞上了，那就即刻跌下來罷。然而在跌下來的中途，當還未到地之前，還要說一遍：——只

要對於白話來加以謀害者，都應該滅亡！

每看見小學生歡天喜地地看著一本粗拙的《兒童世界》之類，另想到別國的兒童用書的精美，自然要覺得中國兒童的可憐。但回憶起我和我的同窗小友的童年，卻不能不以為他幸福，給我們的永逝的韶光一個悲哀的弔唁。我們那時有什麼可看呢，只要略有圖畫的本子，就要被塾師，就是當時的「引導青年的前輩」禁止，呵斥，甚而至於打手心。我的小同學因為專讀「人之初性本善」讀得要枯燥而死了，只好偷偷地翻開第一頁，看那題著「文星高照」四個字的惡鬼一般的魁星像，來滿足他幼稚的愛美的天性。昨天看這個，今天也看這個，然而他們的眼睛裏還閃出蘇醒和歡喜的光輝來。

在書塾之外，禁令可比較的寬了，但這是說自己的事，各人大概不一樣。我能在大眾面前，冠冕堂皇地閱看的，是《文昌帝君陰騭文圖說》和《玉曆鈔傳》，都畫著冥冥之中賞善罰惡的故事，雷公電母站在雲中，牛頭馬面佈滿地下，

不但「跳到半天空」是觸犯天條的，即使半語不合，一念偶差，也都得受相當的報應。這所報的也並非「睚眥之怨」，因為那地方是鬼神為君，「公理」作宰，請酒下跪，全都無功，簡直是無法可想。在中國的天地間，不但做人，便是做鬼，也艱難極了。然而究竟很有比陽間更好的處所：無所謂「紳士」，也沒有「流言」。

陰間，倘要穩妥，是頌揚不得的。尤其是常常好弄筆墨的人，在現在的中國，流言的治下，而又大談「言行一致」的時候。前車可鑒，聽說阿爾志跋綏夫曾答一個少女的質問說，「惟有在人生的事實這本身中尋出歡喜者，可以活下去。倘若在那裏什麼也不見，他們其實倒不如死。」於是乎有一個叫作密哈羅夫的，寄信嘲罵他道，「……所以我完全誠實地勸你自殺來禍福你自己的生命，因為這第一是合於邏輯，第二是你的言語和行為不至於背馳。」

其實這論法就是謀殺，他就這樣地在他的人生中尋出歡

喜來。阿爾志跋綏夫只發了一大通牢騷，沒有自殺。密哈羅夫先生後來不知道怎樣，這一個歡喜失掉了，或者另外又尋到了「什麼」了罷。誠然，「這些時候，勇敢，是安穩的；情熱，是毫無危險的。」

然而，對於陰間，我終於已經頌揚過了，無法追改；雖有「言行不符」之嫌，但確沒有受過閻王或小鬼的半文津貼，則差可以自解。總而言之，還是仍然寫下去罷：

我所看的那些陰間的圖畫，都是家藏的老書，並非我所專有。我所收得的最先的畫圖本子，是一位長輩的贈品：《二十四孝圖》。這雖然不過薄薄的一本書，但是下圖上說，鬼少人多，又為我一人所獨有，使我高興極了。那裏面的故事，似乎是誰都知道的；便是不識字的人，例如阿長，也只要一看圖畫便能夠滔滔地講出這一段的事蹟。但是，我於高興之餘，接著就是掃興，因為我請人講完了二十四個故事之後，才知道「孝」有如此之難，對於先前癡心妄想，想

做孝子的計畫，完全絕望了。

「人之初，性本善」麼？這並非現在要加研究的問題。但我還依稀記得，我幼小時候實未嘗蓄意忤逆，對於父母，倒是極願意孝順的。不過年幼無知，只用了私見來解釋「孝順」的做法，以為無非是「聽話」，「從命」，以及長大之後，給年老的父母好好地吃飯罷了。自從得了這一本孝子的教科書以後，才知道並不然，而且還要難到幾十幾百倍。其中自然也有可以勉力仿效的，如「子路負米」，「黃香扇枕」之類。「陸績懷橘」也並不難，只要有闊人請我吃飯。「魯迅先生作賓客而懷橘乎？」我便跪答云，「吾母性之所愛，欲歸以遺母。」闊人大佩服，於是孝子就做穩了，也非常省事。「哭竹生筍」就可疑，怕我的精誠未必會這樣感動天地。但是哭不出筍來，還不過拋臉而已，一到「臥冰求鯉」，可就有性命之虞了。我鄉的天氣是溫和的，嚴冬中，水面也只結一層薄冰，即使孩子的重量怎樣小，躺上去，也

一定嘩喇一聲，冰破落水，鯉魚還不及游過來。自然，必須不顧性命，這才孝感神明，會有出乎意料之外的奇蹟，但那時我還小，實在不明白這些。

其中最使我不解，甚至於發生反感的，是「老萊娛親」和「郭巨埋兒」兩件事。

我至今還記得，一個躺在父母跟前的老頭子，一個抱在母親手上的小孩子，是怎樣地使我發生不同的感想呵。他們一手都拿著「搖咕咚」。這玩意兒確是可愛的，北京稱為小鼓，蓋即也，朱熹曰：「鼗小鼓，兩旁有耳；持其柄而搖之，則旁耳還自擊，」咕咚咕咚地響起來。然而這東西是不該拿在老萊子手裏的，他應該扶一枝拐杖。現在這模樣，簡直是裝佯，侮辱了孩子。我沒有再看第二回，一到這一頁，便急速地翻過去了。

那時的《二十四孝圖》，早已不知去向了，目下所有的只是一本日本小田海皇所畫的本子，敘老萊子事云：「行年

七十，言不稱老，常著五色斑斕之衣，為嬰兒戲於親側。又常取水上堂，詐跌僕地，作嬰兒啼，以娛親意。」大約舊本也差不多，而招我反感的便是「詐跌」。無論忤逆，無論孝順，小孩子多不願意「詐」作，聽故事也不喜歡是謠言，這是凡有稍稍留心兒童心理的都知道的。

然而在較古的書上一查，卻還不至於如此虛偽。師覺授《孝子傳》云，「老萊子……常著斑斕之衣，為親取飲，上堂腳跌，恐傷父母之心，僵僕為嬰兒啼。」（《太平御覽》四百十三引）較之今說，似稍近於人情。不知怎地，後之君子卻一定要改得他「詐」起來，心裏才能舒服。鄧伯道棄子救侄，想來也不過「棄」而已矣，昏妄人也必須說他將兒子捆在樹上，使他追不上來才肯歇手。正如將「肉麻當作有趣」一般，以不情為倫紀，誣衊了古人，教壞了後人。老萊子即是一例，道學先生以為他白璧無瑕時，他卻已在孩子的心中死掉了。

至於玩著「搖咕咚」的郭巨的兒子，卻實在值得同情。他被抱在他母親的臂膊上，高高興興地笑著；他的父親卻正在掘窟窿，要將他埋掉了。說明云，「漢郭巨家貧，有子三歲，母嘗減食與之。巨謂妻曰，貧乏不能供母，子又分母之食。盍埋此子？」但是劉向《孝子傳》所說，卻又有些不同：巨家是富的，他都給了兩弟；孩子是才生的，並沒有到三歲。結末又大略相像了，「及掘坑二尺，得黃金一釜，上云：天賜郭巨，官不得取，民不得奪！」

我最初實在替這孩子捏一把汗，待到掘出黃金一釜，這才覺得輕鬆。然而我已經不但自己不敢再想做孝子，並且怕我父親去做孝子了。家境正在壞下去，常聽到父母愁柴米；祖母又老了，倘使我的父親竟學了郭巨，那麼，該埋的不正是我麼？如果一絲不走樣，也掘出一釜黃金來，那自然是如天之福，但是，那時我雖然年紀小，似乎也明白天下未必有這樣的巧事。

現在想起來，實在很覺得傻氣。這是因為現在已經知道了這些老玩意，本來誰也不實行。整飭倫紀的文電是常有的，卻很少見紳士赤條條地躺在冰上面，將軍跳下汽車去負米。何況現在早長大了，看過幾部古書，買過幾本新書，什麼《太平御覽》咧，《古孝子傳》咧，《人口問題》咧，《節制生育》咧，《二十世紀是兒童的世界》咧，可以抵抗被埋的理由多得很。不過彼一時，此一時，彼時我委實有點害怕：掘好深坑，不見黃金，連「搖咕咚」一同埋下去，蓋上土，踏得實實的，又有什麼法子可想呢。我想，事情雖然未必實現，但我從此總怕聽到我的父母愁窮，怕看見我的白髮的祖母，總覺得她是和我不兩立，至少，也是一個和我的生命有些妨礙的人。後來這印象日見其淡了，但總有一些留遺，一直到她去世——這大概是送給《二十四孝圖》的儒者所萬料不到的罷。

五月十日

名家‧解讀

兒童讀不到他應該讀的書，我們竟然熟視無睹；有人要剝奪孩子該有的樂趣，我們居然無動於衷，這難道不正說明我們的心靈已經麻木了，我們連「人」的基本感覺都已經十分淡薄了，還有比這更可怕的嗎？——魯迅的《二十四孝圖》令人顫慄之處首先即在於此。

如果把我們的討論再深入一步，就可以發現，魯迅對兒童讀物問題的特殊敏感，是與他童年的痛苦記憶與心靈創傷緊密聯繫在一起的。——這正是本文的重心所在。

《二十四孝圖》是一本傳統的兒童讀物，是宣揚儒家「孝」的觀念的通俗讀本，可以說是向兒童樹了二十四個行孝的標兵。魯迅回憶說，最初他接受了長輩的贈品，看到這書「下圖上說，鬼少人多，又為我一人所獨有，使我高興極了」，但「接著就是掃興」，因為「人之初，性本

善」，我本來就「願意孝順」父母，而且「以為無非是『聽話』，『從命』」；「自從得了這一本孝子的教科書以後，才知道並不然，而且還要難到幾十幾百倍」，甚至覺得很可怕。比如「子路負米」，為了父母，到幾百米外去馱米，我就想，這幾百米我走得動嗎？還有「哭竹生筍」，哭不出筍來怎麼辦？最噁心的是「老萊娛親」，一個白髮老頭子在那兒故作小兒狀，「簡直是裝佯」，那「詐跌」更讓我反感，彷彿無端地受了「侮辱」。還有「郭巨埋兒」，那兒子「實在值得同情。他被抱在他母親的臂膊上，高高興興地笑著；他的父親卻正在掘窟窿，要將他埋掉了」，這真令人恐怖！而且「我從此總怕聽到我的父母愁窮，怕看見我的白髮的祖母，總覺得她是和我不兩立，至少，也是一個和我的生命有些妨礙的人。」這樣一本《二十四孝圖》，其所宣揚的「孝道」，竟然把自然的本能的愛，變得那麼複雜可怕，那麼扭曲、噁心、殘忍，完全違反了人的天性。

而在魯迅的感覺中，這更是一種心靈的扭曲，是自我天性的殘害，生命元氣的扼殺，這構成了永遠無法療治的精神創傷，是心靈深處的無以擺脫的夢魘般的記憶，是他無論如何也不能原宥的，如有人試圖將其重加於新的年青一代，那就更是他這樣的立志「肩住黑暗的閘門，放他們（年青一代）到寬闊光明的地方去」的先行者所絕對不能容忍的。

——魯迅的神聖憤怒正源於此。

——錢理群《「保存我們」是「第一義」的》

魯迅於1927年為回憶散文《無常》手繪的《活無常圖》。

五猖會

孩子們所盼望的，過年過節之外，大概要數迎神賽會的時候了。但我家的所在很偏僻，待到賽會的行列經過時，一定已在下午，儀仗之類，也減而又減，所剩的極其寥寥。往往伸著頸子等候多時，卻只見十幾個人抬著一個金臉或藍臉紅臉的神像匆匆地跑過去。於是，完了。

我常存著這樣的一個希望：這一次所見的賽會，比前一次繁盛些。可是結果總是一個「差不多」；也總是只留下一個紀念品，就是當神像還未抬過之前，化一文錢買下的，用一點爛泥，一點顏色紙，一枝竹籤和兩三枝雞毛所做的，吹

起來會發出一種刺耳的聲音的哨子，叫作「吹都都」的，吡吡地吹它兩三天。

現在看看《陶庵夢憶》，覺得那時的賽會，真是豪奢極了，雖然明人的文章，怕難免有些誇大。因為禱雨而迎龍王，現在也還有的，但辦法卻已經很簡單，不過是十多人盤旋著一條龍，以及村童們扮些海鬼。那時卻還要扮故事，而且實在奇拔得可觀。他記扮《水滸傳》中人物云：「……於是分頭四出，尋黑矮漢，尋梢長大漢，尋頭陀，尋胖大和尚，尋茁壯婦人，尋姣長婦人，尋青面，尋歪頭，尋赤鬚，尋美髯，尋黑大漢，尋赤臉長鬚。大索城中；無，則之廓之村，之山僻，之鄰府州縣。用重價聘之，得三十六人，梁山泊好漢，個個呵活，臻臻至至，人馬稱而行。……」這樣的白描的活古人，誰能不動一看的雅興呢？可惜這種盛舉，早已和明社一同消滅了。

賽會雖然不像現在上海的旗袍，北京的談國事，為當局

所禁止，然而婦孺們是不許看的，讀書人即所謂士子，也大抵不肯趕去看。只有遊手好閒的閒人，這才跑到廟前或衙門前去看熱鬧；我關於賽會的知識，多半是從他們的敘述上得來的，並非考據家所貴重的「眼學」。然而記得有一回，也親見過較盛的賽會。開首是一個孩子騎馬先來，稱為「塘報」；過了許久，「高照」到了，長竹竿揭起一條很長的旗，一個汗流浹背的胖大漢用兩手托著；他高興的時候，就肯將竿頭放在頭頂或牙齒上，甚而至於鼻尖。其次是所謂「高蹺」、「抬閣」、「馬頭」了；還有扮犯人的，紅衣枷鎖，內中也有孩子。我那時覺得這些都是有光榮的事業，與聞其事的即全是大有運氣的人，——大概羨慕他們的出風頭罷。我想，我為什麼不生一場重病，使我的母親也好到廟裏去許下一個「扮犯人」的心願的呢？……然而我到現在終於沒有和賽會發生關係過。

要到東關看五猖會去了。這是我兒時所罕逢的一件盛

五猖會

事，因為那會是全縣中最盛的會，東關又是離我家很遠的地方，出城還有六十多里水路，在那裏有兩座特別的廟。一是梅姑廟，就是《聊齋志異》所記，室女守節，死後成神，卻篡取別人的丈夫的；現在神座上確塑著一對少年男女，眉開眼笑，殊與「禮教」有妨。其一便是五猖廟了，名目就奇特。據有考據癖的人說：這就是五通神。然而也並無確據。神像是五個男人，也不見有什麼猖獗之狀；後面列坐著五位太太，卻並不「分坐」，遠不及北京戲園裏界限之謹嚴。其實呢，這也是殊與「禮教」有妨的，——但他們既然是五猖，便也無法可想，而且自然也就「又作別論」了。

因為東關離城遠，大清早大家就起來。昨夜預定好的三道明瓦窗的大船，已經泊在河埠頭，船椅、飯菜、茶炊、點心盒子，都在陸續搬下去了。我笑著跳著，催他們要搬得快。忽然，工人的臉色很謹肅了，我知道有些蹊蹺，四面一看，父親就站在我背後。

「去拿你的書來。」他慢慢地說。

這所謂「書」，是指我開蒙時候所讀的《鑒略》。因為我再沒有第二本了。我們那裏上學的歲數是多揀單數的，所以這使我記住我其時是七歲。

我忐忑著，拿了書來了。他使我同坐在堂中央的桌子前，教我一句一句地讀下去。我擔著心，一句一句地讀下去。

兩句一行，大約讀了二三十行罷，他說：

「給我讀熟。背不出，就不准去看會。」

他說完，便站起來，走進房裏去了。

我似乎從頭上澆了一盆冷水。但是，有什麼法子呢？自然是讀著，讀著，強記著，——而且要背出來。

粵有盤古，生於太荒，
首出御世，肇開混茫。

就是這樣的書，我現在只記得前四句，別的都忘卻了；那時所強記的二三十行，自然也一齊忘卻在裏面了。記得那時聽人說，讀《鑒略》比讀《千字文》、《百家姓》有用得多，因為可以知道從古到今的大概。知道從古到今的大概，那當然是很好的，然而我一字也不懂。「粵自盤古」就是「粵自盤古」，讀下去，記住它，「粵自盤古」呵！「生於太荒」呵！……

應用的物件已經搬完，家中由忙亂轉成靜肅了。朝陽照著西牆，天氣很清朗。母親、工人、長媽媽即阿長，都無法營救，只默默地靜候著我讀熟，而且背出來。在百靜中，我似乎頭裏要伸出許多鐵鉗，將什麼「生於太荒」之流夾住；也聽到自己急急誦讀的聲音發著抖，彷彿深秋的蟋蟀，在夜中鳴叫似的。

他們都等候著；太陽也升得更高了。

我忽然似乎已經很有把握，便即站了起來，拿書走進父

親的書房，一氣背將下去，夢似的就背完了。

「不錯。去罷。」父親點著頭，說。

大家同時活動起來，臉上都露出笑容，向河埠走去。工人將我高高地抱起，彷彿在祝賀我的成功一般，快步走在最前頭。

我卻並沒有他們那麼高興。開船以後，水路中的風景，盒子裏的點心，以及到了東關的五猖會的熱鬧，對於我似乎都沒有什麼大意思。

直到現在，別的完全忘卻，不留一點痕跡了，只有背誦《鑒略》這一段，卻還分明如昨日事。

我至今一想起，還詫異我的父親何以要在那時候叫我來背書。

五月二十五日

名家．解讀

魯迅從民間儀式上感悟到人生的意蘊，那情景活潑生動地留在他的腦海裏，使他終生受美的誘惑。然而在這裏他卻寫了許多遺憾，他的目的是寫童年時代的一件不愉快的事——童心童趣受到干擾和迫壓。在《二十四孝圖》中作者反對盲目的虛偽的孝道。

本篇的主旨仍可以說是兒童教育問題。父親無非是望子成龍——魯迅的父親心情很迫切，據周作人回憶說，父親因為自己在科舉路上不得意，就很希望兒子們能有所作為，使家道中興，要知道他的父親即魯迅的爺爺是進士及第。但他沒有研究過「兒童教育法」，不知道要順著孩童天性，培養他們的愛好，強迫是不行的。尤其是當孩子正在興頭上就當頭一棒，予以強壓，起不到什麼好作用。再說是當著很多人的面，讓孩子非常窘急難堪，更易造成心靈的創傷。因此魯

迅在這麼多年後，許多事都忘了，包括迎神賽會的場景，而對這件事卻記憶猶新，你看他有多少細節描寫！他不但精神高度緊張，要「從頭裏伸出許多鐵鉗」，將「生於太荒」之流夾住，而且他看見周圍的人們在靜候，聽見自己的聲音在發抖！在文章的最後他卻說，不知為何父親偏在那時讓他背書。其實他是知道的，無非是望子成龍心切以及要標榜父輩的權威。但對於父親，他還要講一點「孝道」——沒有直說。然而讀者在這不直說中已明白了他的不滿。

童年對一個人一生的影響，一個作家的童年對其創作的影響，是早被人注意到的。魯迅當然不是只記他人對自己的傷害，也記他對別人的傷害。這篇文章寫的是親人之間因愛而導致的不愉快。他弟弟已經忘了他的過錯，他本人則清楚地記得父親的和自己的過錯。我們從中不但看到魯迅的記憶力而且還看到他的自省的心理特點。

——黃喬生《走進魯迅世界》

無常

迎神賽會這一天出巡的神，如果是掌握生殺之權的，——不，這生殺之權四個字不大妥，凡是神，在中國彷彿都有些隨意殺人的權柄似的，倒不如說是職掌人民的生死大事的罷，就如城隍和東嶽大帝之類。那麼，他的鹵簿中間就另有一群特別的腳色：鬼卒、鬼王，還有活無常。

這些鬼物們，大概都是由粗人和鄉下人扮演的。鬼卒和鬼王是紅紅綠綠的衣裳，赤著腳；藍臉，上面又畫些魚鱗，也許是龍鱗或別的什麼鱗罷，我不大清楚。鬼卒拿著鋼叉，叉環振得琅琅地響，鬼王拿的是一塊小小的虎頭牌。據傳

說，鬼王是只用一隻腳走路的；但他究竟是鄉下人，雖然臉上已經畫上些魚鱗或者別的什麼鱗，卻仍然只得用了兩隻腳走路。所以看客對於他們不很敬畏，也不大留心，除了念佛老嫗和她的孫子們為面面圓到起見，也照例給他們一個「不勝屏營待命之至」的儀節。

至於我們——我相信：我和許多人——所最願意看的，卻在活無常。他不但活潑而詼諧，單是那渾身雪白這一點，在紅紅綠綠中就有「鶴立雞群」之概。只要望見一頂白紙的高帽子和他手裏的破芭蕉扇的影子，大家就都有些緊張，而且高興起來了。

人民之於鬼物，惟獨與他最為稔熟，也最為親密，平時也常常可以遇見他。譬如城隍廟或東嶽廟中，大殿後面就有一間暗室，叫作「陰司間」，在才可辨色的昏暗中，塑著各種鬼：吊死鬼、跌死鬼、虎傷鬼、科場鬼，……而一進門口所看見的長而白的東西就是他。我雖然也曾瞻仰過一回這

「陰司間」，但那時膽子小，沒有看明白。聽說他一手還拿著鐵索，因為他是勾攝生魂的使者。相傳樊江東嶽廟的「陰司間」的構造，本來是極其特別的：門口是一塊活板，人一進門，踏著活板的這一端，塑在那一端的他便撲過來，鐵索正套在你脖子上。後來嚇死了一個人，釘實了，所以在我幼小的時候，這就已不能動。

倘使要看個分明，那麼，《玉曆鈔傳》上就畫著他的像，不過《玉曆鈔傳》也有繁簡不同的本子的，倘是繁本，就一定有。身上穿的是斬衰凶服，腰間束的是草繩，腳穿草鞋，項掛紙錠；手上是破芭蕉扇，鐵索，算盤；肩膀是聳起的，頭髮卻披下來；眉眼的外梢都向下，像一個「八」字。頭上一頂長方帽，下大頂小，按比例一算，該有二尺來高罷；在正面，就是遺老遺少們所戴瓜皮小帽的綴一粒珠子或一塊寶石的地方，直寫著四個字道：「一見有喜」。有一種本子上，卻寫的是「你也來了」。這四個字，是有時也見於

包公殿的扁額上的，至於他的帽上是何人所寫，他自己還是閻羅王，我可沒有研究出。

《玉曆鈔傳》上還有一種和活無常相對的鬼物，裝束也相仿，叫作「死有分」。這在迎神時候也有的，但名稱卻訛作死無常了，黑臉，黑衣，誰也不愛看。在「陰司間」裏也有的，胸口靠著牆壁，陰森森地站著；那才真真是「碰壁」。凡有進去燒香的人們，必須摩一摩他的脊梁，據說可以擺脫了晦氣；我小時也曾摩過這脊梁來，然而晦氣似乎終於沒有脫，——也許那時不摩，現在的晦氣還要重罷，這一節也還是沒有研究出。

我也沒有研究過小乘佛教的經典，但據耳食之談，則在印度的佛經裏，焰摩天是有的，牛首阿旁也有的，都在地獄裏做主任。至於勾攝生魂的使者的這無常先生，卻似乎於古無征，耳所習聞的只有什麼「人生無常」之類的話。大概這意思傳到中國之後，人們便將他具像化了。這實在是我們中

國人的創作。

然而人們一見他，為什麼就都有些緊張，而且高興起來呢？

凡有一處地方，如果出了文士學者或名流，他將筆頭一扭，就很容易變成「模範縣」。我的故鄉，在漢末雖曾經虞仲翔先生揄揚過，但是那究竟太早了，後來到底免不了產生所謂「紹興師爺」，不過也並非男女老小全是「紹興師爺」，別的「下等人」也不少。這些「下等人」，要他們發什麼「我們現在走的是一條狹窄險阻的小路，左面是一個廣漠無際的泥潭，右面也是一片廣漠無際的浮砂，前面是遙遙茫茫蔭在薄霧的裏面的目的地」那樣熱昏似的妙語，是辦不到的，可是在無意中，看得住這「蔭在薄霧的裏面的目的地」的道路很明白：求婚，結婚，養孩子，死亡。但這自然是專就我的故鄉而言，若是「模範縣」裏的人民，那當然又作別論。他們——敝同鄉「下等人」——的許多，活著，苦

著，被流言，被反噬，因了積久的經驗，知道陽間維持「公理」的只有一個會，而且這會的本身就是「遙遙茫茫」，於是乎勢不得不發生對於陰間的神往。人是大抵自以為銜些冤抑的；活的「正人君子」們只能騙鳥，若問愚民，他就可以不假思索地回答你：公正的裁判是在陰間！

想到生的樂趣，生固然可以留戀；但想到生的苦趣，無常也不一定是惡客。無論貴賤，無論貧富，其時都是「一雙空手見閻王」，有冤的得伸，有罪的就得罰。然而雖說是「下等人」，也何嘗沒有反省？自己做了一世人，又怎麼樣呢？未曾「跳到半天空」麼？沒有「放冷箭」麼？無常的手裏就拿著大算盤，你擺盡臭架子也無益。對付別人要滴水不羼的公理，對自己總還不如雖在陰司裏也還能夠尋到一點私情。然而那又究竟是陰間，閻羅天子、牛首阿旁，還有中國人自己想出來的馬面，都是並不兼差，真正主持公理的腳色，雖然他們並沒有在報上發表過什麼大文章。當還未做鬼

之前，有時先不欺心的人們，遙想著將來，就又不能不想在整塊的公理中，來尋一點情面的末屑，這時候，我們的活無常先生便見得可親愛了，利中取大，害中取小，我們的古哲墨翟先生謂之「小取」云。

在廟裏泥塑的，在書上墨印的模樣上，是看不出他那可愛來的。最好是去看戲。但看普通的戲也不行，必須看「大戲」或者「目連戲」。目連戲的熱鬧，張岱在《陶庵夢憶》上也曾誇張過，說是要連演兩三天。在我幼小時候可已經不然了，也如大戲一樣，始於黃昏，到次日的天明便完結。這都是敬神禳災的演劇，全本裏一定有一個惡人，次日的將近天明便是這惡人的收場的時候，「惡貫滿盈」，閻王出票來勾攝了，於是乎這活的活無常便在戲臺上出現。

我還記得自己坐在這一種戲臺下的船上的情形，看客的心情和普通是兩樣的。平常愈夜深愈懶散，這時卻愈起勁。他所戴的紙糊的高帽子，本來是掛在台角上的，這時預先拿

進去了；一種特別樂器，也準備使勁地吹。這樂器好像喇叭，細而長，可有七八尺，大約是鬼物所愛聽的罷，和鬼無關的時候就不用；吹起來，Nhatu，nhatu，nhatututuu 地響，所以我們叫它「目連頭」。

在許多人期待著惡人的沒落的凝望中，他出來了，服飾比畫上還簡單，不拿鐵索，也不帶算盤，就是雪白的一條莽漢，粉面朱唇，眉黑如漆，蹙著，不知道是在笑還是在哭。但他一出臺就須打一百零八個嚏，同時也放一百零八個屁，這才自述他的履歷。可惜我記不清楚了，其中有一段大概是這樣：

「…………

大王出了牌票，叫我去拿隔壁的癩子。

問了起來呢，原來是我堂房的阿侄。

生的是什麼病？傷寒，還帶痢疾。

看的是什麼郎中？下方橋的陳念義 la 兒子。

開的是怎樣的藥方？附子、肉桂，外加牛膝。

第一煎吃下去，冷汗發出；

第二煎吃下去，兩腳筆直。

我道nga阿嫂哭得悲傷，暫放他還陽半刻。

大王道我是得錢買放，就將我捆打四十！」

這敘述裏的「子」字都讀作入聲。陳念義是越中的名醫，俞仲華曾將他寫入《蕩寇志》裏，擬為神仙；可是一到他的令郎，似乎便不大高明了。la者「的」也；「兒」讀若「倪」，倒是古音罷；nga者，「我的」或「我們的」之意也。

他口裏的閻羅天子彷彿也不大高明，竟會誤解他的人格，——不，鬼格。但連「還陽半刻」都知道，究竟還不失其「聰明正直之謂神」。不過這懲罰，卻給了我們的活無常以不可磨滅的冤苦的印象，一提起，就使他更加蹙緊雙眉，捏定破芭蕉扇，臉向著地，鴨子浮水似的跳舞起來。

Nhatu，nhatu，nhatu-nhatu-nhatututuu！目連頭也冤苦不堪似的吹著。

他因此決定了：

「難是弗放者個！

那怕你，銅牆鐵壁！

那怕你，皇親國戚！

…………」

「難」者，「今」也；「者個」者「的了」之意，詞之決也。「雖有忮心，不怨飄瓦」，他現在毫不留情了，然而這是受了閻羅老子的督責之故，不得已也。一切鬼眾中，就是他有點人情；我們不變鬼則已，如果要變鬼，自然就只有他可以比較的相親近。

我至今還確鑿記得，在故鄉時候，和「下等人」一同，常常這樣高興地正視過這鬼面人，理而情，可怖而可愛的無常；而且欣賞他臉上的哭或笑，口頭的硬語與諧談……。

迎神時候的無常，可和演劇上的又有些不同了。他只有動作，沒有言語，跟定了一個捧著一盤飯菜的小丑似的腳色走，他要去吃；他卻不給他。另外還加添了兩名腳色，就是「正人君子」之所謂「老婆兒女」。凡「下等人」，都有一種通病：常喜歡以己之所欲，施之於人。雖是對於鬼，也不肯給他孤寂，凡有鬼神，大概總要給他們一對一對地配起來。無常也不在例外。所以，一個是漂亮的女人，只是很有些村婦樣，大家都稱她無常嫂；這樣看來，無常是和我們平輩的，無怪他不擺教授先生的架子。一個是小孩子，小高帽，小白衣；雖然小，兩肩卻已經聳起了，眉目的外梢也向下。這分明是無常少爺了，大家卻叫他阿領，對於他似乎都不很表敬意；猜起來，彷彿是無常嫂的前夫之子似的。但不知何以相貌又和無常有這麼像？吁！鬼神之事，難言之矣，只得姑且置之弗論。至於無常何以沒有親兒女，到今年可很容易解釋了；鬼神能前知，他怕兒女一多，愛說閒話的就要

旁敲側擊地鍛成他拿盧布，所以不但研究，還早已實行了「節育」了。

這捧著飯菜的一幕，就是「送無常」。因為他是勾魂使者，所以民間凡有一個人死掉之後，就得用酒飯恭送他。至於不給他吃，那是賽會時候的開玩笑，實際上並不然。但是，和無常開玩笑，是大家都有此意的，因為他爽直，愛發議論，有人情，——要尋真實的朋友，倒還是他妥當。

有人說，他是生人走陰，就是原是人，夢中卻入冥去當差的，所以很有些人情。我還記得住在離我家不遠的小屋子裏的一個男人，便自稱是「走無常」，門外常常燃著香燭。但我看他臉上的鬼氣反而多。莫非入冥做了鬼，倒會增加人氣的麼？吁！鬼神之事，難言之矣，這也只得姑且置之弗論了。

六月二十三日

名家・解讀

與作為人民統治的「神」不同，鬼，尤其是無常鬼，屬於下層社會的普通百姓，是「我們」「大家」的。

魯迅就深切地感到自己與「鄙同鄉下人」處境與命運相同，並且與他們一起感受著對於無常鬼的世界的親切與嚮往：即在陽間（人世間）已經被這種「正人君子」（「這裏所說的『正人君子』指的是以《現代評論》雜誌為中心的一批大學教授」）壟斷，那麼，下等人（以及與他們同命運的魯迅）只能寄希望於「公正的裁判是在陰間！」

（文中）對無常的形象所做的總結、概括，自然把讀者對無常的認識提升了一步，讓我們關注「鬼」中之人，及「鬼」所保存的「理而情」的理想「人性」；而「至今還確鑿地記得」這樣的強調，則提請讀者注意埋在魯迅心靈深處的永恆記憶「在故鄉時候，和『下等人』一起」怎樣與無常

鬼同哭同笑……。這意味著，魯迅從童年起，就有了與底層人民和他們的民間想像物融合無間的生命體驗，這是他的生命之根，也是他的文學之根。

——錢理群《魯迅筆下的兩個鬼》

從百草園到三味書屋

我家的後面有一個很大的園，相傳叫作百草園。現在是早已並屋子一起賣給朱文公的子孫了，連那最末次的相見也已經隔了七八年，其中似乎確鑿只有一些野草；但那時卻是我的樂園。

不必說碧綠的菜畦，光滑的石井欄，高大的皂莢樹，紫紅的桑椹；也不必說鳴蟬在樹葉裏長吟，肥胖的黃蜂伏在菜花上，輕捷的叫天子（雲雀）忽然從草間直竄向雲霄裏去了。單是周圍的短短的泥牆根一帶，就有無限趣味。油蛉在這裏低唱，蟋蟀們在這裏彈琴。翻開斷磚來，有時會遇見蜈

蚣；還有斑蝥，倘若用手指按住它的脊梁，便會拍的一聲，從後竅噴出一陣煙霧。何首烏藤和木蓮藤纏絡著，木蓮有蓮房一般的果實，何首烏有擁腫的根。有人說，何首烏根是有像人形的，吃了便可以成仙，我於是常常拔它起來，牽連不斷地拔起來，也曾因此弄壞了泥牆，卻從來沒有見過有一塊根像人樣。如果不怕刺，還可以摘到覆盆子，像小珊瑚珠攢成的小球，又酸又甜，色味都比桑椹要好得遠。

長的草裏是不去的，因為相傳這園裏有一條很大的赤練蛇。

長媽媽曾經講給我一個故事聽：先前，有一個讀書人住在古廟裏用功，晚間，在院子裏納涼的時候，突然聽到有人在叫他。答應著，四面看時，卻見一個美女的臉露在牆頭上，向他一笑，隱去了。他很高興；但竟給那走來夜談的老和尚識破了機關。說他臉上有些妖氣，一定遇見「美女蛇」了；這是人首蛇身的怪物，能喚人名，倘一答應，夜間便要

來吃這人的肉的。他自然嚇得要死，而那老和尚卻道無妨，給他一個小盒子，說只要放在枕邊，便可高枕而臥。他雖然照樣辦，卻總是睡不著，——當然睡不著的。到半夜，果然來了，沙沙沙！門外像是風雨聲。他正抖作一團時，卻聽得豁的一聲，一道金光從枕邊飛出，外面便什麼聲音也沒有了，那金光也就飛回來，斂在盒子裏。後來呢？後來，老和尚說，這是飛蜈蚣，它能吸蛇的腦髓，美女蛇就被它治死了。

結末的教訓是：所以倘有陌生的聲音叫你的名字，你萬不可答應他。

這故事很使我覺得做人之險，夏夜乘涼，往往有些擔心，不敢去看牆上，而且極想得到一盒老和尚那樣的飛蜈蚣。走到百草園的草叢旁邊時，也常常這樣想。但直到現在，總還沒有得到，但也沒有遇見過赤練蛇和美女蛇。叫我名字的陌生聲音自然是常有的，然而都不是美女蛇。冬天的

百草園比較的無味；雪一下，可就兩樣了。拍雪人（將自己的全形印在雪上）和塑雪羅漢需要人們鑒賞，這是荒園，人跡罕至，所以不相宜，只好來捕鳥。薄薄的雪，是不行的；總須積雪蓋了地面一兩天，鳥雀們久已無處覓食的時候才好。掃開一塊雪，露出地面，用一支短棒支起一面大的竹篩來，下面撒些秕穀，棒上繫一條長繩，人遠遠地牽著，看鳥雀下來啄食，走到竹篩底下的時候，將繩子一拉，便罩住了。但所得的是麻雀居多，也有白頰的「張飛鳥」，性子很躁，養不過夜的。

這是閏土的父親所傳授的方法，我卻不大能用。明明見它們進去了，拉了繩，跑去一看，卻什麼都沒有，費了半天力，捉住的不過三四隻。閏土的父親是小半天便能捕獲幾十隻，裝在叉袋裏叫著撞著的。我曾經問他得失的緣由，他只靜靜地笑道：你太性急，來不及等它走到中間去。

我不知道為什麼家裏的人要將我送進書塾裏去了，而且

還是全城中稱為最嚴厲的書塾。也許是因為拔何首烏毀了泥牆罷，也許是因為將磚頭拋到間壁的梁家去了罷，也許是因為站在石井欄上跳了下來罷，……都無從知道。總而言之：我將不能常到百草園了。Ade，我的蟋蟀們！Ade，我的覆盆子們和木蓮們！……

出門向東，不上半里，走過一道石橋，便是我的先生的家了。從一扇黑油的竹門進去，第三間是書房。中間掛著一塊扁道：三味書屋；扁下面是一幅畫，畫著一隻很肥大的梅花鹿伏在古樹下。沒有孔子牌位，我們便對著那扁和鹿行禮。第一次算是拜孔子，第二次算是拜先生。

第二次行禮時，先生便和藹地在一旁答禮。他是一個高而瘦的老人，鬚髮都花白了，還戴著大眼鏡。我對他很恭敬，因為我早聽到，他是本城中極方正，質樸，博學的人。

不知從那裏聽來的，東方朔也很淵博，他認識一種蟲，名曰「怪哉」，冤氣所化，用酒一澆，就消釋了。我很想詳細

地知道這故事，但阿長是不知道的，因為她畢竟不淵博。現在得到機會了，可以問先生。「先生，『怪哉』這蟲，是怎麼一回事？……」我上了生書，將要退下來的時候，趕忙問。

「不知道！」他似乎很不高興，臉上還有怒色了。

我才知道做學生是不應該問這些事的，只要讀書，因為他是淵博的宿儒，決不至於不知道，所謂不知道者，乃是不願意說。年紀比我大的人，往往如此，我遇見過好幾回了。

我就只讀書，正午習字，晚上對課。先生最初這幾天對我很嚴厲，後來卻好起來了，不過給我讀的書漸漸加多，對課也漸漸地加上字去，從三言到五言，終於到七言。

三味書屋後面也有一個園，雖然小，但在那裏也可以爬上花壇去折蠟梅花，在地上或桂花樹上尋蟬蛻。最好的工作是捉了蒼蠅餵螞蟻，靜悄悄地沒有聲音。然而同窗們到園裏的太多，太久，可就不行了，先生在書房裏便大叫起來：

「人都到那裏去了？！」

人們便一個一個陸續走回去；一同回去，也不行的。他有一條戒尺，但是不常用，也有罰跪的規矩，但也不常用，普通總不過瞪幾眼，大聲道：

「讀書！」

於是大家放開喉嚨讀一陣書，真是人聲鼎沸。有念「仁遠乎哉我欲仁斯仁至矣」的，有念「笑人齒缺曰狗竇大開」的，有念「上九潛龍勿用」的，有念「厥土下上上錯厥貢苞茅橘柚」的……。先生自己也念書。後來，我們的聲音便低下去，靜下去了，只有他還大聲朗讀著：

「鐵如意，指揮倜儻，一座皆驚呢——；金叵羅，顛倒淋漓噫，千杯未醉呵——。」

我疑心這是極好的文章，因為讀到這裏，他總是微笑起來，而且將頭仰起，搖著，向後面拗過去，拗過去。

先生讀書入神的時候，於我們是很相宜的。有幾個便用紙糊的盔甲套在指甲上做戲。我是畫畫兒，用一種叫作「荊

川紙」的，蒙在小說的繡像上一個個描下來，像習字時候的影寫一樣。讀的書多起來，畫的畫也多起來；書沒有讀成，畫的成績卻不少了，最成片段的是《蕩寇志》和《西遊記》的繡像，都有一大本。後來，因為要錢用，賣給一個有錢的同窗了。他的父親是開錫箔店的；聽說現在自己已經做了店主，而且快要升到紳士的地位了。這東西早已沒有了罷。

九月十八日

名家．解讀

本文通過對百草園和三味書屋的感覺，充分揭露了封建禮教制度對兒童身心的摧殘，從而批判了封建復古主義尊孔讀經的罪惡目的，表現了作者為「救救孩子」而戰鬥到底的決心。

本文在藝術上的特色，其一為鮮明的對比。由百草園到三味書屋構成的兩大部分，以各自的特點形成了文章鮮明的對比，它表現在：色彩的對比——豐富和單調的對比。百草園給我們顯現了豐富的色彩。這些色彩是由各種植物、昆蟲本身就具有的色彩來顯現的……增添了色彩的多樣性、豐富性。而三味書屋相對來說則色彩較單調，它主要表現出一種冷色，暗色，……表現出單調性。氣氛上的對比——歡快與沉悶的對比。……百草園是旋律與節奏的結合，音響與動態的結合。……匯合成一種歡快的氣氛。而三味書屋則是沉悶、枯燥的。

其二是精明的內在敘述視點。從整體的敘述角度上看，由於本文以第一人稱的觀察、感知來作為敘述的角度，從而構成了文章內在的敘述視點，……這種內在的敘述視點直接形成了文章的敘述風格，並帶來了兩大藝術效果。第一，由於是以一個兒童的口吻來敘述，所以就使敘述的事實使人感

到真實可信，從而縫合了讀者和事實之間的間隙。第二，由於「我」已是文中事件的參與者，即本身就是文中的人，所以不像外在的「我」的敘述那樣留下剪裁的痕跡，而是直接帶來了自然、流暢的藝術效果。

——于可繩《魯迅作品手冊》

父親的病

大約十多年前罷，S城中曾經盛傳過一個名醫的故事：他出診原來是一元四角，特拔十元，深夜加倍，出城又加倍。有一夜，一家城外人家的閨女生急病，來請他了，因為他其時已經闊得不耐煩，便非一百元不去。他們只得都依他。待去時，卻只是草草地一看，說道「不要緊的」，開一張方，拿了一百元就走。那病家似乎很有錢，第二天又來請了。他一到門，只見主人笑面承迎，道，「昨晚服了先生的藥，好得多了，所以再請你來復診一回。」仍舊引到房裏，老媽子便將病人的手拉出帳外來。他一按，冷冰冰的，也沒

有脈，於是點點頭道，「唔，這病我明白了。」從從容容走到桌前，取了藥方紙，提筆寫道：

「憑票付英洋壹百元正。」下面是署名，畫押。

「先生，這病看來很不輕了，用藥怕還得重一點罷。」主人在背後說。

「可以，」他說。於是另開了一張方：

「憑票付英洋貳百元正。」下面仍是署名，畫押。

這樣，主人就收了藥方，很客氣地送他出來了。

我曾經和這名醫周旋過兩整年，因為他隔日一回，來診我的父親的病。那時雖然已經很有名，但還不至於闊得這樣不耐煩；可是診金卻已經是一元四角。現在的都市上，診金一次十元並不算奇，可是那時是一元四角已是鉅款，很不容易張羅的了；又何況是隔日一次。他大概的確有些特別，據輿論說，用藥就與眾不同。我不知道藥品，所覺得的，就是「藥引」的難得，新方一換，就得忙一大場。先買藥，再尋

藥引。「生薑」兩片，竹葉十片去尖，他是不用的了。起碼是蘆根，須到河邊去掘；一到經霜三年的甘蔗，便至少也得搜尋兩三天。可是說也奇怪，大約後來總沒有購求不到的。

據輿論說，神妙就在這地方。先前有一個病人，百藥無效；待到遇見了什麼葉天士先生，只在舊方上加了一味藥引：梧桐葉。只一服，便霍然而愈了。「醫者，意也。」其時是秋天，而梧桐先知秋氣。其先百藥不投，今以秋氣動之，以氣感氣，所以……。我雖然並不了然，但也十分佩服，知道凡有靈藥，一定是很不容易得到的，求仙的人，甚至於還要拼了性命，跑進深山裏去採呢。

這樣有兩年，漸漸地熟識，幾乎是朋友了。父親的水腫是逐日利害，將要不能起床；我對於經霜三年的甘蔗之流也逐漸失了信仰，採辦藥引似乎再沒有先前一般踴躍了。正在這時候，他有一天來診，問過病狀，便極其誠懇地說：

「我所有的學問，都用盡了。這裏還有一位陳蓮河先

生，本領比我高。我薦他來看一看，我可以寫一封信。可是，病是不要緊的，不過經他的手，可以格外好得快……。」轎。進來時，看見父親的臉色很異樣，和大家談論，大意是說自己的病大概沒有希望的了；他因為看了兩年，毫無效驗，臉又太熟了，未免有些難以為情，所以等到危急時候，便薦一個生手自代，和自己完全脫了干係。但另外有什麼法子呢？本城的名醫，除他之外，實在也只有一個陳蓮河了。明天就請陳蓮河。

這一天似乎大家都有些不歡，仍然由我恭敬地送他上

陳蓮河的診金也是一元四角。但前回的名醫的臉是圓而胖的，他卻長而胖了：這一點頗不同。還有用藥也不同。前回的名醫是一個人還可以辦的，這一回卻是一個人有些辦不妥帖了，因為他一張藥方上，總兼有一種特別的丸散和一種奇特的藥引。

蘆根和經霜三年的甘蔗，他就從來沒有用過。最平常的

是「蟋蟀一對」，旁注小字道：「要原配，即本在一窠中者。」似乎昆蟲也要貞節，續弦或再醮，連做藥資格也喪失了。但這差使在我並不為難，走進百草園，十對也容易得，將它們用線一縛，活活地擲入沸湯中完事。然而還有「平地木十株」呢，這可誰也不知道是什麼東西了，問藥店，問鄉下人，問賣草藥的，問老年人，問讀書人，問木匠，都只是搖搖頭，臨末才記起了那遠房的叔祖，愛種一點花木的老人，跑去一問，他果然知道，是生在山中樹下的一種小樹，能結紅子如小珊瑚珠的，普通都稱為「老弗大」。

「踏破鐵鞋無覓處，得來全不費功夫。」藥引尋到了，然而還有一種特別的丸藥：敗鼓皮丸。這「敗鼓皮丸」就是用打破的舊鼓皮做成；水腫一名鼓脹，一用打破的鼓皮自然就可以剋伏他。清朝的剛毅因為憎恨「洋鬼子」，預備打他們，練了些兵稱作「虎神營」，取虎能食羊，神能伏鬼的意思，也就是這道理。可惜這一種神藥，全城中只有一家出售

的，離我家就有五里，但這卻不像平地木那樣，必須暗中摸索了，陳蓮河先生開方之後，就懇切詳細地給我們說明。

「我有一種丹，」有一回陳蓮河先生說，「點在舌上，我想一定可以見效。因為舌乃心之靈苗……。價錢也並不貴，只要兩塊錢一盒……。」

我父親沉思了一會，搖搖頭。

「我這樣用藥還會不大見效，」有一回陳蓮河先生又說，「我想，可以請人看一看，可有什麼冤愆……。醫能醫病，不能醫命，對不對？自然，這也許是前世的事……。」

我的父親沉思了一會，搖搖頭。

凡國手，都能夠起死回生的，我們走過醫生的門前，常可以看見這樣的扁額。現在是讓步一點了，連醫生自己也說道：「西醫長於外科，中醫長於內科。」但是S城那時不但沒有西醫，並且誰也還沒有想到天下有所謂西醫，因此無論什麼，都只能由軒轅岐伯的嫡派門徒包辦。軒轅時候是巫醫

不分的，所以直到現在，他的門徒就還見鬼，而且覺得「舌乃心之靈苗」。這就是中國人的「命」，連名醫也無從醫治的。

不肯用靈丹點在舌頭上，又想不出「冤愆」來，自然，單吃了一百多天的「敗鼓皮丸」有什麼用呢？依然打不破水腫，父親終於躺在床上喘氣了。還請一回陳蓮河先生，這回是特拔，大洋十元。他仍舊泰然的開了一張方，但已停止敗鼓皮丸不用，藥引也不很神妙了，所以只消半天，藥就煎好，灌下去，卻從口角上回了出來。

從此我便不再和陳蓮河先生周旋，只在街上有時看見他坐在三名轎夫的快轎裏飛一般抬過；聽說他現在還康健，一面行醫，一面還做中醫什麼學報，正在和只長於外科的西醫奮鬥哩。

中西的思想確乎有一點不同。聽說中國的孝子們，一到將要「罪孽深重禍延父母」的時候，就買幾斤人參，煎湯灌

下去，希望父母多喘幾天氣，即使半天也好。我的一位教醫學的先生卻教給我醫生的職務道：可醫的應該給他醫治，不可醫的應該給他死得沒有痛苦。——但這先生自然是西醫。

父親的喘氣頗長久，連我也聽得很吃力，然而誰也不能幫助他。我有時竟至於電光一閃似的想道：「還是快一點喘完了罷……。」立刻覺得這思想就不該，就是犯了罪；但同時又覺得這思想實在是正當的，我很愛我的父親。便是現在，也還是這樣想。

早晨，住在一門裏的衍太太進來了。她是一個精通禮節的婦人，說我們不應該空等著。於是給他換衣服；又將紙錠和一種什麼《高王經》燒成灰，用紙包了給他捏在拳頭裏……。

「叫呀，你父親要斷氣了。快叫呀！」衍太太說。

「父親！父親！」我就叫起來。

「大聲！他聽不見。還不快叫？！」

「父親！父親！！」

他已經平靜下去的臉，忽然緊張了，將眼微微一睜，彷彿有一些苦痛。

「叫呀！快叫呀！」她催促說。

「父親！！！」

「什麼呢？……不要嚷。……不……。」他低低地說，又較急地喘著氣，好一會，這才復了原狀，平靜下去了。

「父親！！」我還叫他，一直到他咽了氣。

我現在還聽到那時的自己的這聲音，每聽到時，就覺得這卻是我對於父親的最大的錯處。

十月七日

名家．解讀

這篇文章以父親的病和死為線索，貫穿全文，以小見大，揭示出封建思想、封建禮教是阻礙中國社會進步、造成愚昧、落後的根源，作品活畫出幾個所謂「名醫」治病的醜態，暴露出他們唯心主義和形而上學的醫療思想，通過父親臨死的情景的描繪，批判了缺乏科學精神的封建禮教給病人帶來的痛苦。

文章在藝術表現上頗具特色，主要是：

一、選材獨闢蹊徑，思想發掘很深。

……從父親的病開拓了更廣大深邃的反封建的主題。這不僅表現了魯迅先生從來就是站在整個國家和民族的高度看問題，而不拘泥於個人或家庭的瑣事，他的「憂憤」總是那樣「深廣」；而且能夠以小見大，把這樣的思想融進我們並

不相關的題材中，這又體現了作者高超的藝術表現力。

二、巧妙的藝術構思。

從藝術構思看，這篇文章是沿著兩條線索選材和佈局的。一條是父親的病和死；一條是批判和控訴封建思想、封建禮教。前一條線索按時序延伸形成為文章的骨架；後一條線索則凝聚為文章的靈魂。……從文章的風格來看，既詼諧幽默，又深沉凝重。講到兩個「名醫」時，飽含諷刺，妙趣橫生，而於解剖自己，則沉重蘊藉，動人心扉。

——唐龍潛《魯迅作品手冊》

瑣記

衍太太現在是早經做了祖母，也許竟做了曾祖母了；那時卻還年青，只有一個兒子比我大三四歲。她對自己的兒子雖然狠，對別家的孩子卻好的，無論鬧出什麼亂子來，也決不去告訴各人的父母，因此我們就最願意在她家裏或她家的四近玩。

舉一個例說罷，冬天，水缸裏結了薄冰的時候，我們大清早起一看見，便吃冰。有一回給沈四太太看到了，大聲說道：「莫吃呀，要肚子疼的呢！」這聲音又給我母親聽到了，跑出來我們都挨了一頓罵，並且有大半天不准玩。我們

推論禍首，認定是沈四太太，於是提起她就不用尊稱了，給她另外起了一個綽號，叫作「肚子疼」。

衍太太卻決不如此。假如她看見我們吃冰，一定和藹地笑著說，「好，再吃一塊。我記著，看誰吃的多。」

但我對於她也有不滿足的地方。一回是很早的時候了，我還很小，偶然走進她家去，她正在和她的男人看書。我走近去，她便將書塞在我的眼前道，「你看，你知道這是什麼？」我看那書上畫著房屋，有兩個人光著身子彷彿在打架，但又不很像。正遲疑間，他們便大笑起來了。這使我很不高興，似乎受了一個極大的侮辱，不到那裏去大約有十多天。一回是我已經十多歲了，和幾個孩子比賽打鏇子，看誰旋得多。她就從旁計著數，說道，「好，八十二個了！再旋一個，八十三！好，八十四……」但正在旋著的阿祥，忽然跌倒了，阿祥的嬸母也恰恰走進來。她便接著說道，「你看，不是跌了麼？不聽我的話。我叫你不要旋，不要

旋……。」

雖然如此，孩子們總還喜歡到她那裏去。假如頭上碰得腫了一大塊的時候，去尋母親去罷，好的是罵一通，再給擦一點藥；壞的是沒有藥擦，還添幾個栗鑿和一通罵。衍太太卻決不埋怨，立刻給你用燒酒調了水粉，搽在疙瘩上，說這不但止痛，將來還沒有瘢痕。

父親故去之後，我也還常到她家裏去，不過已不是和孩子們玩耍了，卻是和衍太太或她的男人談閑天。我其時覺得很有許多東西要買，看的和吃的，只是沒有錢。有一天談到這裏，她便說道，「母親的錢，你拿來用就是了，還不就是你的麼？」我說母親沒有錢，她就說可以拿首飾去變賣；我說沒有首飾，她卻道，「也許你沒有留心。到大廚的抽屜裏，角角落落去尋去，總可以尋出一點珠子這類東西……。」

這些話我聽去似乎很異樣，便又不到她那裏去了，但有時又真想去打開大廚，細細地尋一尋。大約此後不到一月，

就聽到一種流言，說我已經偷了家裏的東西去變賣了，這實在使我覺得有如掉在冷水裏。流言的來源，我是明白的，倘是現在，只要有地方發表，我總要罵出流言家的狐狸尾巴來，但那時太年青，一遇流言，便連自己也彷彿覺得真是犯了罪，怕遇見人們的眼睛，怕受到母親的愛撫。

好。那麼，走罷！

但是，那裏去呢？S城人的臉早經看熟，如此而已，連心肝也似乎有些了然。總得尋別一類人們去，去尋為S城人所詬病的人們，無論其為畜生或魔鬼。那時為全城所笑罵的是一個開得不久的學校，叫作中西學堂，漢文之外，又教些洋文和算學。然而已經成為眾矢之的了；熟讀聖賢書的秀才們，還集了「四書」的句子，做一篇八股來嘲誚它，這名文便即傳遍了全城，人人當作有趣的話柄。我只記得那「起講」的開頭是：

「徐子以告夷子曰：吾聞用夏變夷者，未聞變於夷者

也。今也不然：鳩舌之音，聞其聲，皆雅言也。……」

以後可忘卻了，大概也和現今的國粹保存大家的議論差不多。但我對於這中西學堂，卻也不滿足，因為那裏面只教漢文，算學，英文和法文。功課較為別致的，還有杭州的求是書院，然而學費貴。

無須學費的學校在南京，自然只好往南京去。第一個進去的學校，目下不知道稱為什麼了，光復以後，似乎有一時稱為雷電學堂，很像《封神榜》上「太極陣」「混元陣」一類的名目。總之，一進儀鳳門，便可以看見它那二十丈高的桅杆和不知多高的煙通。功課也簡單，一星期中，幾乎四整天是英文：「It is a cat.」「Is it a rat？」一整天是讀漢文：「君子曰，穎考叔可謂純孝也已矣，愛其母，施及莊公。」一整天是做漢文：《知己知彼百戰百勝論》，《穎考叔論》，《雲從龍風從虎論》，《咬得菜根則百事可做論》。

初進去當然只能做三班生，臥室裏是一桌一凳一床，床

板只有兩塊。頭二班學生就不同了，二桌二凳或三凳一床，床板多至三塊。不但上講堂時挾著一堆厚而且大的洋書，氣昂昂地走著，決非只有一本「潑賴媽」和四本《左傳》的三班生所敢正視；便是空著手，也一定將肘彎撐開，像一隻螃蟹，低一班的在後面總不能走出他之前。這一種螃蟹式的名公巨卿，現在都闊別得很久了，前四五年，竟在教育部的破腳躺椅上，發現了這姿勢，然而這位老爺卻並非雷電學堂出身的，可見螃蟹態度，在中國也頗普遍。

可愛的是桅杆。但並非如「東鄰」的「支那通」所說，因為它「挺然翹然」，又是什麼的象徵。乃是因為它高，烏鴉喜鵲，都只能停在它的半途的木盤上。人如果爬到頂，便可以近看獅子山，遠眺莫愁湖，——但究竟是否真可以眺得那麼遠，我現在可委實有點記不清楚了。而且不危險，下面張著網，即使跌下來，也不過如一條小魚落在網子裏；況且自從張網以後，聽說也還沒有人曾經跌下來。

原先還有一個池，給學生學游泳的，這裏面卻淹死了兩個年幼的學生。當我進去時，早填平了，不但填平，上面還造了一所小小的關帝廟。廟旁是一座焚化字紙的磚爐，爐口上方橫寫著四個大字道：「敬惜字紙」。只可惜那兩個淹死鬼失了池子，難討替代，總在左近徘徊，雖然已有「伏魔大帝關聖帝君」鎮壓著。辦學的人大概是好心腸的，所以每年七月十五，總請一群和尚到雨天操場來放焰口，一個紅鼻而胖的大和尚戴上毗盧帽，捏訣，念咒：「回資羅，普彌耶吽！吽！唵耶吽！唵！耶！吽！！！」

我的前輩同學被關聖帝君鎮壓了一整年，就只在這時候得到一點好處，——雖然我並不深知是怎樣的好處。所以當這些時，我每每想：做學生總得自己小心些。

總覺得不大合適，可是無法形容出這不合適來。現在是發見了大致相近的字眼了，「烏煙瘴氣」，庶幾乎其可也。只得走開。近來是單是走開也就不容易，「正人君子」者流

會說你罵人罵到聘書，或者是發「名士」脾氣，給你幾句正經的俏皮話。不過那時還不打緊，學生所得的津貼，第一年不過二兩銀子，最初三個月的試習期內是零用五百文。於是毫無問題，去考礦路學堂去了，也許是礦路學堂，已經有些記不真，文憑又不在手頭，更無從查考。試驗並不難，錄取的。

這回不是 It is a cat 了，是 Der Mann，Das Weib，Das Kind。漢文仍舊是「潁考叔可謂純孝也已矣」，但外加《小學集注》。論文題目也小有不同，譬如《工欲善其事必先利其器論》，是先前沒有做過的。

此外還有所謂格致，地學，金石學，……都非常新鮮。但是還得聲明：後兩項，就是現在之所謂地質學和礦物學，並非講輿地和鍾鼎碑版的。只是畫鐵軌橫斷面圖卻有些麻煩，平行線尤其討厭。但第二年的總辦是一個新黨，他坐在馬車上的時候大抵看著《時務報》，考漢文也自己出題目，

和教員出的很不同。有一次是《華盛頓論》，漢文教員反而惴惴地來問我們道：「華盛頓是什麼東西呀？……」

看新書的風氣便流行起來，我也知道了中國有一部書叫《天演論》。星期日跑到城南去買了來，白紙石印的一厚本，價五百文正。翻開一看，是寫得很好的字，開首便道：

「赫胥黎獨處一室之中，在英倫之南，背山而面野，檻外諸境，歷歷如在機下。乃懸想二千年前，當羅馬大將愷撒未到時，此間有何景物？計惟有天造草昧……」

哦，原來世界上竟還有一個赫胥黎坐在書房裏那麼想，而且想得那麼新鮮？一口氣讀下去，「物競」「天擇」也出來了，蘇格拉第，柏拉圖也出來了，斯多噶也出來了。學堂裏又設立了一個閱報處，《時務報》不待言，還有《譯學彙編》，那書面上的張廉卿一流的四個字，就藍得很可愛。

「你這孩子有點不對了，拿這篇文章去看去，抄下來去看去。」一位本家的老輩嚴肅地對我說，而且遞過一張報紙

來。接來看時，「臣許應跪奏……」，那文章現在是一句也不記得了，總之是參康有為變法的；也不記得可曾抄了沒有。

仍然自己不覺得有什麼「不對」，一有閒空，就照例地吃侉餅、花生米、辣椒，看《天演論》。

但我們也曾經有過一個很不平安的時期。那是第二年，聽說學校就要裁撤了。這也無怪，這學堂的設立，原是因為兩江總督（大約是劉坤一罷）聽到青龍山的煤礦出息好，所以開手的。待到開學時，煤礦那面卻已將原先的技師辭退，換了一個不甚了然的人了。理由是：一、先前的技師薪水太貴；二、他們覺得開煤礦並不難。於是不到一年，就連煤在那裏也不甚了然起來，終於是所得的煤，只能供燒那兩架抽水機之用，就是抽了水掘煤，掘出煤來抽水，結一筆出入兩清的賬。既然開礦無利，礦路學堂自然也就無須乎開了，但是不知怎的，卻又並不裁撤。到第三年我們下礦洞去看的時

候，情形實在頗淒涼，抽水機當然還在轉動，礦洞裏積水卻有半尺深，上面也點滴而下，幾個礦工便在這裏面鬼一般工作著。

畢業，自然大家都盼望的，但一到畢業，卻又有些爽然若失。爬了幾次桅，不消說不配做半個水兵；聽了幾年講，下了幾回礦洞，就能掘出金銀銅鐵錫來麼？實在連自己也茫無把握，沒有做《工欲善其事必先利其器論》的那麼容易。爬上天空二十丈和鑽下地面二十丈，結果還是一無所能，學問是「上窮碧落下黃泉，兩處茫茫皆不見」了。所餘的還只有一條路：到外國去。

留學的事，官僚也許可了，派定五名到日本去。其中的一個因為祖母哭得死去活來，不去了，只剩了四個。日本是同中國很兩樣的，我們應該如何準備呢？有一個前輩同學在，比我們早一年畢業，曾經遊歷過日本，應該知道些情形。跑去請教之後，他鄭重地說：

「日本的襪是萬不能穿的，要多帶些中國襪。我看紙票也不好，你們帶去的錢不如都換了他們的現銀。」

四個人都說遵命。別人不知其詳，我是將錢都在上海換了日本的銀元，還帶了十雙中國襪——白襪。

後來呢？後來，要穿制服和皮鞋，中國襪完全無用；一元的銀圓日本早已廢置不用了，又賠錢換了半元的銀圓和紙票。

十月八日

名家·解讀

《瑣記》是回憶性散文，但魯迅絕不是為回憶而回憶，而是從記憶的礦存裏發掘富有哲理的含意，抒寫自己對生活的發現和思索。第一個斷片說的是在紹興的情況，故事的中

心人物是衍太太，寫她對孩子的作弄，寫她的挑撥離間，寫她的搬弄是非，事情似乎都極其瑣碎，但作者卻高明地通過一個舊式家庭婦女的社會習俗和風尚，揭開了一個青年在封建家庭裏備受壓抑的痛苦心理；被流言所擊中，卻無從抗議和辯白，……人格遭到損害，從而萌發起衝出宗法藩籬，前往異地尋求「別類人們」的強烈願望，產生一種逆反情緒……魯迅於一八九八年5月到南京考入不要學費的水師學堂，分在機關科，第二斷片便是記敘這所學校的情形，重點寫它的腐敗，標榜新學卻整天讀古文，做「雲從龍風從虎論」，蓋廟宇，做道場。作者通過這些落後現象的描寫，反映了自己不滿的情緒……第二年2月，魯迅即轉入江南陸師學堂附設的礦路學堂，這便是第三斷片所敘寫的內容，之所以學校不見得比水師學堂好多少，教員連華盛頓為何許人都不知道，但在那兒卻讀到一本好書《天演論》，從中看到了新的思想世界，可沒多久便遭到反對，勒令看頑固派彈劾康

有為的奏章，學校辦得很糟，由於吝惜薪金，竟把技師辭退了，最後弄得「連煤在那裏也不甚了然」，「礦洞裏積水卻有半尺深」，這是天大的笑話，但卻是實情。

《瑣記》主旨何在？就在反映中國當時有抱負的青年尋求不到「別一類人們」，找不到出路的痛苦，正由於此，因而所敘之事甚廣，而作品含意卻十分集中，使讀者能從三個生活斷片的折光中，看到一個憂國憂民的先進青年的形象，聽到一代青年嚮往新生活的呼聲。「瑣事」不瑣，作者以微見廣，對題材選擇既精，對題旨開掘又深，因而使作品既有「意在言中」之趣，復有「意在言外」之妙。

——陳孝全《瑣細中見精神》

藤野先生

東京也無非是這樣。上野的櫻花爛熳的時節，望去確也像緋紅的輕雲，但花下也缺不了成群結隊的「清國留學生」的速成班，頭頂上盤著大辮子，頂得學生制帽的頂上高高聳起，形成一座富士山。也有解散辮子，盤得平的，除下帽來，油光可鑒，宛如小姑娘的髮髻一般，還要將脖子扭幾扭。實在標緻極了。

中國留學生會館的門房裏有幾本書買，有時還值得去一轉；倘在上午，裏面的幾間洋房裏倒也還可以坐坐的。但到傍晚，有一間的地板便常不免要咚咚咚地響得震天，兼以

滿房煙塵鬥亂；問問精通時事的人，答道，「那是在學跳舞。」

到別的地方去看看，如何呢？

我就往仙台的醫學專門學校去。從東京出發，不久便到一處驛站，寫道：日暮里。不知怎地，我到現在還記得這名目。其次卻只記得水戶了，這是明的遺民朱舜水先生客死的地方。仙台是一個市鎮，並不大；冬天冷得利害；還沒有中國的學生。

大概是物以稀為貴罷。北京的白菜運往浙江，便用紅頭繩繫住菜根，倒掛在水果店頭，尊為「膠菜」；福建野生著的蘆薈，一到北京就請進溫室，且美其名曰「龍舌蘭」。我到仙台也頗受了這樣的優待，不但學校不收學費，幾個職員還為我的食宿操心。我先是住在監獄旁邊一個客店裏的，初冬已經頗冷，蚊子卻還多，後來用被蓋了全身，用衣服包了頭臉，只留兩個鼻孔出氣。在這呼吸不息的地方，蚊子竟無

從插嘴，居然睡安穩了。飯食也不壞。但一位先生卻以為這客店也包辦囚人的飯食，我住在那裏不相宜，幾次三番，幾次三番地說。我雖然覺得客店兼辦囚人的飯食和我不相干，然而好意難卻，也只得別尋相宜的住處了。於是搬到別一家，離監獄也很遠，可惜每天總要喝難以下嚥的芋梗湯。

從此就看見許多陌生的先生，聽到許多新鮮的講義。解剖學是兩個教授分任的。最初是骨學。其時進來的是一個黑瘦的先生，八字鬚，戴著眼鏡，挾著一疊大大小小的書。一將書放在講臺上，便用了緩慢而很有頓挫的聲調，向學生介紹自己道：

「我就是叫作藤野嚴九郎的……。」

後面有幾個人笑起來了。他接著便講述解剖學在日本發達的歷史，那些大大小小的書，便是從最初到現今關於這一門學問的著作。起初有幾本是線裝的；還有翻刻中國譯本的，他們的翻譯和研究新的醫學，並不比中國早。

那坐在後面發笑的是上學年不及格的留級學生，在校已經一年，掌故頗為熟悉的了。他們便給新生講演每個教授的歷史。這藤野先生，據說是穿衣服太模糊了，有時竟會忘記帶領結；冬天是一件舊外套，寒顫顫的，有一回上火車去，致使管車的疑心他是扒手，叫車裏的客人大家小心些。

他們的話大概是真的，我就親見他有一次上講堂沒有帶領結。

過了一星期，大約是星期六，他使助手來叫我了。到得研究室，見他坐在人骨和許多單獨的頭骨中間，——他其時正在研究著頭骨，後來有一篇論文在本校的雜誌上發表出來。

「我的講義，你能抄下來麼？」他問。

「可以抄一點。」

「拿來我看！」

我交出所抄的講義去，他收下了，第二三天便還我，並

且說，此後每一星期要送給他看一回。我拿下來打開看時，很吃了一驚，同時也感到一種不安和感激。原來我的講義已經從頭到末，都用紅筆添改過了，不但增加了許多脫漏的地方，連文法的錯誤，也都一一訂正。這樣一直繼續到教完了他所擔任的功課：骨學，血管學，神經學。

可惜我那時太不用功，有時也很任性。還記得有一回藤野先生將我叫到他的研究室裏去，翻出我那講義上的一個圖來，是下臂的血管，指著，向我和藹的說道：

「你看，你將這條血管移了一點位置了。——自然，這樣一移，的確比較的好看些，然而解剖圖不是美術，實物是那麼樣的，我們沒法改換它。現在我給你改好了，以後你要全照著黑板上那樣的畫。」

但是我還不服氣，口頭答應著，心裏卻想道：「圖還是我畫的不錯；至於實在的情形，我心裏自然記得的。」

學年試驗完畢之後，我便到東京玩了一夏天，秋初再回

學校，成績早已發表了，同學一百餘人之中，我在中間，不過是沒有落第。這回藤野先生所擔任的功課，是解剖實習和局部解剖學。

解剖實習了大概一星期，他又叫我去了，很高興地，仍用了極有抑揚的聲調對我說道：

「我因為聽說中國人是很敬重鬼的，所以很擔心，怕你不肯解剖屍體。現在總算放心了，沒有這回事。」

但他也偶有使我很為難的時候。他聽說中國的女人是裹腳的，但不知道詳細，所以要問我怎麼裹法，足骨變成怎樣的畸形，還歎息道，「總要看一看才知道。究竟是怎麼一回事呢？」

有一天，本級的學生會幹事到我寓裏來了，要借我的講義看。我檢出來交給他們，卻只翻檢了一通，並沒有帶走。但他們一走，郵差就送到一封很厚的信，拆開看時，第一句是：「你改悔罷！」

這是《新約》上的句子罷，但經托爾斯泰新近引用過的。其時正值日俄戰爭，托老先生便寫了一封給俄國和日本的皇帝的信，開首便是這一句。日本報紙上很斥責他的不遜，愛國青年也憤然，然而暗地裏卻早受了他的影響了。其次的話，大略是說上年解剖學試驗的題目，是藤野先生在講義上做了記號，我預先知道的，所以能有這樣的成績。末尾是匿名。

我這才回憶到前幾天的一件事。因為要開同級會，幹事便在黑板上寫廣告，末一句是「請全數到會勿漏為要」，而且在「漏」字旁邊加了一個圈。我當時雖然覺到圈得可笑，但是毫不介意，這回才悟出那字也在譏刺我了，猶言我得了教員漏泄出來的題目。

我便將這事告知了藤野先生；有幾個和我熟識的同學也很不平，一同去詰責幹事託辭檢查的無禮，並且要求他們將檢查的結果，發表出來。終於這流言消滅了，幹事卻又竭力

運動，要收回那一封匿名信去。結末是我便將這托爾斯泰式的信退還了他們。

中國是弱國，所以中國人當然是低能兒，分數在六十分以上，便不是自己的能力了：也無怪他們疑惑。但我接著便有參觀槍斃中國人的命運了。第二年添教黴菌學，細菌的形狀是全用電影來顯示的，一段落已完而還沒有到下課的時候，便影幾片時事的片子，自然都是日本戰勝俄國的情形。但偏有中國人夾在裏邊：給俄國人做偵探，被日本軍捕獲，要槍斃了，圍著看的也是一群中國人；在講堂裏的還有一個我。

「萬歲！」他們都拍掌歡呼起來。

這種歡呼，是每看一片都有的，但在我，這一聲卻特別聽得刺耳。此後回到中國來，我看見那些閑看槍斃犯人的人們，他們也何嘗不酒醉似的喝采，——嗚呼，無法可想！但在那時那地，我的意見卻變化了。到第二學年的終結，我便

去尋藤野先生，告訴他我將不學醫學，並且離開這仙台。他的臉色彷彿有些悲哀，似乎想說話，但竟沒有說。

「我想去學生物學，先生教給我的學問，也還有用的。」其實我並沒有決意要學生物學，因為看得他有些淒然，便說了一個慰安他的謊話。「為醫學而教的解剖學之類，怕於生物學也沒有什麼大幫助。」他歎息說。

將走的前幾天，他叫我到他家裏去，交給我一張照相，後面寫著兩個字道：「惜別」，還說希望將我的也送他。但我這時適值沒有照相了；他便叮囑我將來照了寄給他，並且時時通信告訴他此後的狀況。我離開仙台之後，就多年沒有照過相，又因為狀況也無聊，說起來無非使他失望，便連信也怕敢寫了。經過的年月一多，話更無從說起，所以雖然有時想寫信，卻又難以下筆，這樣的一直到現在，竟沒有寄過一封信和一張照片。從他那一面看起來，是一去之後，杳無消息了。

但不知怎地，我總還時時記起他，在我所認為我師的之中，他是最使我感激，給我鼓勵的一個。有時我常常想：他的對於我的熱心的希望，不倦的教誨，小而言之，是為中國，就是希望中國有新的醫學；大而言之，是為學術，就是希望新的醫學傳到中國去。他的性格，在我的眼裏和心裏是偉大的，雖然他的姓名並不為許多人所知道。

他所改正的講義，我曾經訂成三厚本，收藏著的，將作為永久的紀念。不幸七年前遷居的時候，中途毀壞了一口書箱，失去半箱書，恰巧這講義也遺失在內了。責成運送局去找尋，寂無回信。只有他的照相至今還掛在我北京寓居的東牆上，書桌對面。每當夜間疲倦，正想偷懶時，仰面在燈光中瞥見他黑瘦的面貌，似乎正要說出抑揚頓挫的話來，便使我忽又良心發現，而且增加勇氣了，於是點上一枝煙，再繼續寫些為「正人君子」之流所深惡痛疾的文字。

十月十二日

名家·解讀

《藤野先生》是一篇回憶作者早年在日本求學時期生活的散文。文中讚揚了日本學者藤野先生的正直、熱誠、沒有狹隘民族偏見的高尚品質，抒寫了對他真摯深沉的懷念

本文在藝術表現上頗具特色，主要是：

⑴兩條線索交錯進行的結構形式。本文以受教於藤野先生始末為明線，以棄醫從文的愛國主義思想發展為暗線，構成了文章的發展線索。並且兩條線索互為因果，互相勾連，形成一種交錯的結構形式。很明顯這兩條線索的進行，從結構形式上講，是一種雙軌道的展開。從思想意蘊上講，則是互相滲透，互相呼應的綜合體。即暗線與明線互為因果，相得益彰，在文中歸結為一個有機的整體。

⑵動態的心理描寫。……可以看出，這種心理描寫，不是一點、一側面的鋪開和渲染，而是遞階似的進行，即把一

點，一事件，一側面的感觸連成一氣，成為一種心理的歷程。而這恰好與文章的結構形式相呼應，即在明線和暗線的進行中，體現和完成了動態的心理描寫。

(3)凝練、樸實的語言風格。在人物描寫方面，採用的是白描手法，輔之以凝練的文字，寥寥幾句就準確地勾勒出人物的形貌、舉止。……在敘述方面，……沒有作過細、繁瑣的交待，而是以極其省儉的文字，準確地把事件的起因、過程講述清楚，從而使語言凝練自然。在人物描寫方面，作者……沒有讓心理內容毫無節制地鋪陳開去，而僅以二三句精練的句子來寫出心理的感受。

——張瑗基　于可繩《魯迅作品手冊》

范愛農

在東京的客店裏，我們大抵一起來就看報。學生所看的多是《朝日新聞》和《讀賣新聞》，專愛打聽社會上瑣事的就看《二六新聞》。一天早晨，劈頭就看見一條從中國來的電報，大概是：

「安徽巡撫恩銘被 Jo Shiki Rin 刺殺，刺客就擒。」大家一怔之後，便容光煥發地互相告語，並且研究這刺客是誰，漢字是怎樣三個字。但只要是紹興人，又不專看教科書的，卻早已明白了。這是徐錫麟，他留學回國之後，在做安徽候補道，辦著巡警事物，正合於刺殺巡撫的地位。

大家接著就預測他將被極刑，家族將被連累。不久，秋瑾姑娘在紹興被殺的消息也傳來了，徐錫麟是被挖了心，給恩銘的親兵炒食淨盡。人心很憤怒。有幾個人便秘密地開一個會，籌集川資；這時用得著日本浪人了，撕烏賊魚下酒，慷慨一通之後，他便登程去接徐伯蓀的家屬去。

照例還有一個同鄉會，吊烈士，罵滿洲；此後便有人主張打電報到北京，痛斥滿政府的無人道。會眾即刻分成兩派：一派要發電，一派不要發。我是主張發電的，但當我說出之後，即有一種鈍滯的聲音跟著起來：

「殺的殺掉了，死的死掉了，還發什麼屁電報呢。」

這是一個高大身材，長頭髮，眼球白多黑少的人，看人總像在渺視。他蹲在席子上，我發言大抵就反對；我早覺得奇怪，注意著他的了，到這時才打聽別人：說這話的是誰呢，有那麼冷？認識的人告訴我說：他叫范愛農，是徐伯蓀的學生。

我非常憤怒了，覺得他簡直不是人，自己的先生被殺了，連打一個電報還害怕，於是便堅執地主張要發電，同他爭起來。結果是主張發電的居多數，他屈服了。其次要推出人來擬電稿。

「何必推舉呢？自然是主張發電的人囉——。」他說。

我覺得他的話又在針對我，無理倒也並非無理的。但我便主張這一篇悲壯的文章必須深知烈士生平的人做，因為他比別人關係更密切，心裏更悲憤，做出來就一定更動人。於是又爭起來。結果是他不做，我也不做，不知誰承認做去了；其次是大家走散，只留下一個擬稿的和一兩個幹事，等候做好之後去拍發。

從此我總覺得這范愛農離奇，而且很可惡。天下可惡的人，當初以為是滿人，這時才知道還在其次；第一倒是范愛農。中國不革命則已，要革命，首先就必須將范愛農除去。

然而這意見後來似乎逐漸淡薄，到底忘卻了，我們從此

也沒有再見面。直到革命的前一年，我在故鄉做教員，大概是春末時候罷，忽然在熟人的客座上看見了一個人，互相熟視了不過兩三秒鐘，我們便同時說：

「哦哦，你是范愛農！」

「哦哦，你是魯迅！」

不知怎地我們便都笑了起來，是互相的嘲笑和悲哀。他眼睛還是那樣，然而奇怪，只這幾年，頭上卻有了白髮了，但也許本來就有，我先前沒有留心到。他穿著很舊的布馬褂，破布鞋，顯得很寒素。談起自己的經歷來，他說他後來沒有了學費，不能再留學，便回來了。回到故鄉之後，又受著輕蔑，排斥，迫害，幾乎無地可容。現在是躲在鄉下，教著幾個小學生糊口。但因為有時覺得很氣悶，所以也趁了航船進城來。他又告訴我現在愛喝酒，於是我們便喝酒。從此他每一進城，必定來訪我，非常相熟了。我們醉後常談些愚不可及的瘋話，連母親偶然聽到了也發笑。一天我忽而記起

在東京開同鄉會時的舊事，便問他：

「那一天，你專門反對我，而且故意似的，究竟是什麼緣故呢？」

「你還不知道？我一向就討厭你的，——不但我，我們。」

「你那時之前，早知道我是誰麼？」

「怎麼不知道。我們到橫濱，來接的不就是子英和你麼？你看不起我們，搖搖頭，你自己還記得麼？」

我略略一想，記得的，雖然是七八年前的事。那時是子英來約我的，說到橫濱去接新來留學的同鄉。汽船一到，看見一大堆，大概一共有十多人，一上岸便將行李放到稅關上去候查檢，關吏在衣箱中翻來翻去，忽然翻出一雙繡花的弓鞋來，便放下公事，拿著仔細地看。我很不滿，心裏想，這些鳥男人，怎麼帶這東西來呢。自己不注意，那時也許就搖了搖頭。檢驗完畢，在客店小坐之後，即須上火車。不料這

一群讀書人又在客車上讓起坐位來了，甲要乙坐在這位上，乙要丙去坐，揖讓未終，火車已開，車身一搖，即刻跌倒了三四個。我那時也很不滿，暗地裏想：連火車上的坐位，他們也要分出尊卑來……。自己不注意，也許又搖了搖頭。然而那群雍容揖讓的人物中就有范愛農，卻直到這一天才想到。豈但他呢，說起來也慚愧，這一群裏，還有後來在安徽戰死的陳伯平烈士，被害的馬宗漢烈士；被囚在黑獄裏，到革命後才見天日而身上永帶著匪刑的傷痕的也還有一兩人。而我都茫無所知，搖著頭將他們一併運上東京了。徐伯蓀雖然和他們同船來，卻不在這車上，因為他在神戶就和他的夫人坐車走了陸路了。

我想我那時搖頭大約有兩回，他們看見的不知道是那一回。讓坐時喧鬧，檢查時幽靜，一定是在稅關上的那一回了，試問愛農，果然是的。

「我真不懂你們帶這東西做什麼？是誰的？」

「還不是我們師母的？」他瞪著他多白的眼。

「到東京就要假裝大腳，又何必帶這東西呢？」

「誰知道呢？你問她去。」

到冬初，我們的景況更拮据了，然而還喝酒，講笑話。忽然是武昌起義，接著是紹興光復。第二天愛農就上城來，戴著農夫常用的毯帽，那笑容是從來沒有見過的。

「老迅，我們今天不喝酒了。我要去看看光復的紹興。我們同去。」

我們便到街上去走了一通，滿眼是白旗。然而貌雖如此，內骨子是依舊的，因為還是幾個舊鄉紳所組織的軍政府，什麼鐵路股東是行政司長，錢店掌櫃是軍械司長……。這軍政府也到底不長久，幾個少年一嚷，王金發帶兵從杭州進來了，但即使不嚷或者也會來。他進來以後，也就被許多閑漢和新進的革命黨所包圍，大做王都督。在衙門裏的人物，穿布衣來的，不上十天也大概換上皮袍子了，天氣還並

不冷。

我被擺在師範學校校長的飯碗旁邊，王都督給了我校款二百元。愛農做監學，還是那件布袍子，但不大喝酒了，也很少有工夫談閑天。他辦事，兼教書，實在勤快得可以。

「情形還是不行，王金發他們。」一個去年聽過我的講義的少年來訪問我，慷慨地說，「我們要辦一種報來監督他們。不過發起人要借用先生的名字。還有一個是子英先生，一個是德清先生。為社會，我們知道你決不推卻的。」

我答應他了。兩天後便看見出報的傳單，發起人誠然是三個。五天後便見報，開首便罵軍政府和那裏面的人員；此後是罵都督，都督的親戚，同鄉，姨太太……。

這樣地罵了十多天，就有一種消息傳到我的家裏來，說都督因為你們詐取了他的錢，還罵他，要派人用手槍來打死你們了。

別人倒還不打緊，第一個著急的是我的母親，叮囑我不

要再出去。但我還是照常走，並且說明，王金發是不來打死我們的，他雖然綠林大學出身，而殺人卻不很輕易。況且我拿的是校款，這一點他還能明白的，不過說說罷了。

果然沒有來殺。寫信去要經費，又取了二百元。但彷彿有些怒意，同時傳令道：再來要，沒有了！

不過愛農得到了一種新消息，卻使我很為難。原來所謂「詐取」者，並非指學校經費而言，是指另有送給報館的一筆款。報紙上罵了幾天之後，王金發便叫人送去了五百元。於是乎我們的少年們便開起會議來，第一個問題是：收不收？決議曰：收。第二個問題是：收了之後罵不罵？決議曰：罵。理由是：收錢之後，他是股東；股東不好，自然要罵。

我即刻到報館去問這事的真假。都是真的。略說了幾句不該收他錢的話，一個名為會計的便不高興了，質問我道：

「報館為什麼不收股本？」

「這不是股本……」

「不是股本是什麼？」

我就不再說下去了，這一點世故是早已知道的，倘我再說出連累我們的話來，他就會面斥我太愛惜不值錢的生命，不肯為社會犧牲，或者明天在報上就可以看見我怎樣怕死發抖的記載。

然而事情很湊巧，季弗寫信來催我往南京了。愛農也很贊成，但頗淒涼，說：

「這裏又是那樣，住不得。你快去罷……。」

我懂得他無聲的話，決計往南京。先到都督府去辭職，自然照准，派來了一個拖鼻涕的接收員，我交出賬目和餘款一角又兩銅元，不是校長了。後任是孔教會會長傅力臣。

報館案是我到南京後兩三個星期了結的，被一群兵們搗毀。子英在鄉下，沒有事；德清適值在城裏，大腿上被刺了一尖刀。他大怒了。自然，這是很有些痛的，怪他不得。他

大怒之後，脫下衣服，照了一張照片，以顯示一寸來寬的刀傷，並且做一篇文章敘述情形，向各處分送，宣傳軍政府的橫暴。我想，這種照片現在是大約未必還有人收藏著了，尺寸太小，刀傷縮小到幾乎等於無，如果不加說明，看見的人一定以為是帶些瘋氣的風流人物的裸體照片，倘遇見孫傳芳大帥，還怕要被禁止的。

我從南京移到北京的時候，愛農的學監也被孔教會會長的校長設法去掉了。他又成了革命前的愛農。我想為他在北京尋一點小事做，這是他非常希望的，然而沒有機會。他後來便到一個熟人的家裏去寄食，也時時給我信，景況愈困窮，言辭也愈淒苦。終於又非走出這熟人的家不可，便在各處飄浮。不久，忽然從同鄉那裏得到一個消息，說他已經掉在水裏，淹死了。

我疑心他是自殺的。因為他是浮水的好手，不容易淹死的。

夜間獨坐在會館裏，十分悲涼，又疑心這消息並不確，但無端又覺得這是極其可靠的，雖然並無證據。一點法子都沒有，只做了四首詩，後來曾在一種日報上發表，現在是將要忘記完了。只記得一首裏的六句，起首四句是：「把酒論天下，先生小酒人，大圜猶酩酊，微醉合沉淪。」中間忘掉兩句，末了是「舊朋雲散盡，餘亦等輕塵。」

後來我回故鄉去，才知道一些較為詳細的事。愛農先是什麼事也沒得做，因為大家討厭他。他很困難，但還喝酒，是朋友請他的。他已經很少和人們來往，常見的只剩下幾個後來認識的較為年青的人了，然而他們似乎也不願意多聽他的牢騷，以為不如講笑話有趣。

「也許明天就收到一個電報，拆開來一看，是魯迅來叫我的。」他時常這樣說。

一天，幾個新的朋友約他坐船去看戲，回來已過夜半，又是大風雨，他醉著，卻偏要到船舷上去小解。大家勸阻

他，也不聽，自己說是不會掉下去的。但他掉下去了，雖然能浮水，卻從此不起來。

第二天打撈屍體，是在菱蕩裏找到的，直立著。

我至今不明白他究竟是失足還是自殺。

他死後一無所有，遺下一個幼女和他的夫人。有幾個人想集一點錢作他女孩將來的學費的基金，因為一經提議，即有族人來爭這筆款的保管權，——其實還沒有這筆款，——大家覺得無聊，便無形消散了。

現在不知他惟一的女兒景況如何？倘在上學，中學已該畢業了罷。

十一月十八日

名家．解讀

范愛農

《范愛農》作於一九二六年11月18日，是《朝花夕拾》的最後一篇，也是其中哀情最為深濃的篇什。范愛農於一九一二年7月10日在紹興淹死，魯迅於19日得到噩耗，無限哀傷，於當天日記中悲憤地寫道：「晨得二弟信，十二日紹興發，云范愛農以十日水死，悲夫悲夫，君子無終，越之不幸也」。他「為之不怡累日」，22日夜裏，大雨滂沱，魯迅懷著無限悲痛的心情，作了《哀范君三章》，痛悼摯友的逝世，十四年之後，他又把哀傷之情凝於筆端，寫了這篇散文，再度緬懷亡友，對黑暗現實提出憤怒的控訴。

范愛農是個性格倔直，思想激進的有為青年，他對清政府腐敗政權十分憎惡，對辛亥革命懷有極大熱情。作品一開頭就寫他東渡留學，是革命黨人徐錫麟的學生，他為人正派，不投機取巧，不趨炎附勢，行為不符當時社會潮流，這就作品中所說的「離奇」。

他一從日本回國，便為當時社會所排擠，「回到故鄉之

後，又受著輕蔑，排斥，迫害，幾乎無地可容」，只能躲在鄉下，教幾個學生糊口，景況相當狼狽。由此，他對清政府更加不滿，如作品所寫，時常進城和魯迅喝酒，「醉後常談些愚不可及的瘋話」，所謂「瘋話」者也，其實就是評議時政，攻訐時弊。辛亥革命的到來，使范愛農十分興奮，一反過去的頹唐，振作起來。紹興光復後，他和魯迅同在一個學校工作，魯迅做校長，他當學監，同心協力，工作十分起勁，「他辦事，兼教書，實在勤快得可以」，由此可見他對革命的衷心嚮往，但好景不長，魯迅被惡勢力逼往南京後，他也受到壓迫，據周建人回憶，被人趕出學校，連行李也被丟了出去。從此窮困潦倒，終至淹死。

《范愛農》撼動人心的力量在於，魯迅並非就事論事，而是分析追究死因，總結歷史教訓，其中凝結著他因辛亥革命失敗而失望的痛苦情緒。

本來是剛直、熱情、勤勞的范愛農，卻在被歧視、受冷

落，於窮愁中寂寞死去。辛亥革命不但沒有使他的才華得以施展，相反卻把他埋沒了，將他逼向死亡的深淵。范愛農的悲劇，難道不正是辛亥革命的悲劇？

作者把個人命運和社會命運相融會，在廣闊的歷史背景中將敘事與寫人相結合，彼此映襯，相互烘托，這就使《范愛農》不同於一般悼亡文章，在這曲悲歌裏，迴蕩著作者憂世傷時的情緒，具有濃郁的歷史感、時代感和現實感，有廣度，有深度，更有力度。

——陳孝全《一曲哀情深重的悲歌》

後記

我在第三篇講《二十四孝》的開頭，說北京恐嚇小孩的「馬虎子」應作「麻胡子」，是指麻叔謀，而且以他為胡人。現在知道是錯了，「胡」應作「祜」，是叔謀之名，見唐人李濟翁做的《資暇集》卷下，題云《非麻胡》。原文如次：

「俗怖嬰兒曰：麻胡來！不知其源者，以為多髯之神而驗刺者，非也。隋將軍麻祜，性酷虐，煬帝令開汴河，威棱既盛，至稚童望風而畏，互相恐嚇曰：麻祜來！稚童語不正，轉祜為胡。只如憲宗朝涇將郝，蕃中皆畏憚，其國嬰兒

啼者，以怖之則止。又，武宗朝，閭閻孩孺相脅云：薛尹來！咸類此也。況《魏志》載張文遠遼來之明證乎？」（原注：麻祜廟在睢陽。方節度李丕即其後。丕為重建碑。）

原來我的識見，就正和唐朝的「不知其源者」相同，貽譏於千載之前，真是咎有應得，只好苦笑。但又不知麻祜廟碑或碑文，現今尚在睢陽或存於方志中否？倘在，我們當可以看見和小說《開河記》所載相反的他的功業。

因為想尋幾張插畫，常維鈞兄給我在北京搜集了許多材料，有幾種是為我所未曾見過的。如光緒己卯（一八七九）肅州胡文炳作的《二百孝圖》——原書有注云：「讀如習。」我真不解他何以不直稱四十，而必須如此麻煩——即其一。我所反對的「郭巨埋兒」，他於我還未出世的前幾年，已經刪去了。序有云：

「……坊間所刻《二十四孝》，善矣。然其中

郭巨埋兒一事，揆之天理人情，殊不可以訓。……炳竊不自量，妄為編輯。凡矯枉過正而刻意求名者，概從割愛；惟擇其事之不詭於正，而人人可為者，類為六門。……」

這位肅州胡老先生的勇決，委實令我佩服了。但這種意見，恐怕是懷抱者不乏其人，而且由來已久的，不過大抵不敢毅然刪改，筆之於書。如同治十一年（一八七二）刻的《百孝圖》，前有紀常鄭績序，就說：

「……況邇來世風日下，沿習澆漓，不知孝出天性自然，反以孝作另成一事。且擇古人投爐埋兒為忍心害理，指割股抽腸為損親遺體。殊未審孝只在乎心，不在乎跡。盡孝無定形，行孝無定事。古之孝者非在今所宜，今之孝者難泥古之事。因此時此地不同，而其人其事各異，求其所以盡孝之心則一也。子夏曰：事父母能竭其力。故孔門問孝，所

答何嘗有同然乎？……」

則同治年間就有人以埋兒等事為「忍心害理」，灼然可知。至於這一位「紀常鄭績」先生的意思，我卻還是不大懂，或者像是說：這些事現在可以不必學，但也不必說他錯。

這部《百孝圖》的起源有點特別，是因為見了「粵東顏子」的《百美新詠》而作的。人重色而己重孝，衛道之盛心可謂至矣。雖然是「會稽俞葆真蘭浦編輯」，與不佞有同鄉之誼，——但我還只得老實說：不大高明。例如木蘭從軍的出典，他注云：「隋史」。這樣名目的書，現今是沒有的；倘是《隋書》，那裏面又沒有木蘭從軍的事。

而中華民國九年（一九二〇），上海的書店卻偏偏將它用石印翻印了，書名的前後各添了兩個字：《男女百孝圖全傳》。第一頁上還有一行小字道：家庭教育的好模範。又加

了一篇「吳下大錯王鼎謹識」的序，開首先發同治年間「紀常鄭績」先生一流的感慨：

「慨自歐化東漸，海內承學之士，囂囂然侈談自由平等之說，致道德日就淪胥，人心日益澆漓，寡廉鮮恥，無所不為，僥倖行險，人思幸進，求所謂砥礪廉隅，束身自愛者，世不多睹焉。……起觀斯世之忍心害理，幾全如陳叔寶之無心肝。長此滔滔，伊何底止？……」

其實陳叔寶模糊到好像「全無心肝」，或者有之，若拉他來配「忍心害理」，卻未免有些冤枉。這是有幾個人以評「郭巨埋兒」和「李娥投爐」的事的。

至於人心，有幾點確也似乎正在澆漓起來。自從《男女之秘密》，《男女交合新論》出現後，上海就很有些書名喜歡用「男女」二字冠首。現在是連「以正人心而厚風俗」的《百孝圖》上也加上了。這大概為因不滿於《百美新詠》而

教孝的「會稽俞葆真蘭浦」先生所不及料的罷。從說「百行之先」的孝而忽然拉到「男女」上去，彷彿也近乎不莊重，——澆漓。但我總還想趁便說幾句，——自然竭力來減省。

我們中國人即使對於「百行之先」，我敢說，也未必就不想到男女上去的。太平無事，閒人很多，偶有「殺身成仁捨生取義」的，本人也許忙得不暇檢點，而活著的旁觀者總會加以綿密的研究。曹娥的投江覓父，淹死後抱父屍出，是載在正史，很有許多人知道的。但這一個「抱」字卻發生過問題。

我幼小時候，在故鄉曾經聽到老年人這樣講：

> 「……死了的曹娥，和她父親的屍體，最初是面對面抱著浮上來的。然而過往行人看見的都發笑了，說：哈哈！這麼一個年青姑娘抱著這麼一個老頭子！於是那兩個死屍又沉下去了；停了一刻又浮

起來，這回是背對背的負著。」

好！在禮義之邦裏，連一個年幼——嗚呼，「娥年十四」而已——的死孝女要和死父親一同浮出，也有這麼艱難！

我檢查《百孝圖》和《二百孝圖》，畫師都很聰明，所畫的是曹娥還未跳入江中，只在江干啼哭。但吳友如畫的《女二十四孝圖》（一八九二）卻正是兩屍一同浮出的這一幕，而且也正畫作「背對背」，如第一圖的上方。我想，他大約也知道我所聽到的那故事的。還有《後二十四孝圖說》，也是吳友如畫，也有曹娥，則畫作正在投江的情狀，如第一圖下。

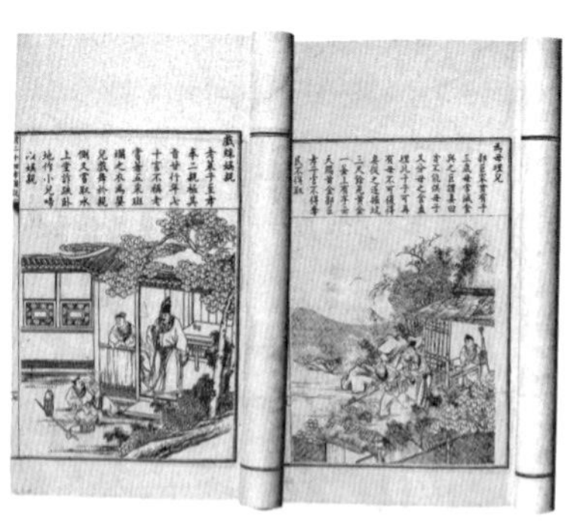

魯迅收藏的《二十四孝圖》

就我現今所見的教孝的圖說而言，古今頗有許多遇盜，遇虎，遇火，遇風的孝子，那應付的方法，十之九是「哭」和「拜」。

中國的哭和拜，什麼時候才完呢？

至於畫法，我以為最簡古的倒要算日本的小田海僊本，這本子早已印入《點石齋叢畫》裏，變成國貨，很容易入手的了。吳友如畫的最細巧，也最能引動人。但他於歷史畫其實是不大相宜的；他久居上海的租界裏，耳濡目染，最擅長的倒在作「惡鴇虐妓」，「流氓拆梢」一類的時事畫，那真是勃勃有生氣，令人在紙上看出上海的洋場來。但影響殊不佳，近來許多小說和兒童讀物的插畫中，往往將一切女性畫成妓女樣，一切孩童都畫得像一個小流氓，大半就因為太看了他的畫本的緣故。

而孝子的事蹟也比較地更難畫，因為總是慘苦的多。譬如「郭巨埋兒」，無論如何總難以畫到引得孩子眉飛色舞，

自願躺到坑裏去。還有「嘗糞心憂」，也不容易引人入勝。還有老萊子的「戲彩娛親」，題詩上雖說「喜色滿庭幃」，而圖畫上卻絕少有有趣的家庭的氣息。

我現在選取了三種不同的標本，合成第二圖。上方的是《百孝圖》中的一部分，「陳村何雲梯」畫的，畫的是「取水上堂詐跌臥地作嬰兒啼」這一段。也帶出「雙親開口笑」來。中間的一小塊是我從「直北李錫彤畫的《二十四孝圖詩合刊》上描下來的，畫的是「著五色斑斕之衣為嬰兒戲於親側」這一段；手裏捏著「搖咕咚」，就是「嬰兒戲」這三個字的點題。但大約李先生覺得一個高大的老頭子玩這樣的把戲究竟不像樣，將他的身子竭力收縮，畫成一個有鬍子的小孩子了。然而仍然無趣。至於線的錯誤和缺少，那是不能怪作者的，也不能埋怨我，只能去罵刻工。查這刻工當前清同治十二年（一八七三）時，是在「山東布政司街南首路西鴻文堂刻字處」。下方的是「民國壬戌」（一九二二）慎獨山

房刻本，無畫人姓名，但是雙料畫法，一面「詐跌臥地」，一面「為嬰兒戲」，將兩件事合起來，而將「斑斕之衣」忘卻了。吳友如畫的一本，也合兩事為一，也忘了斑斕之衣，只是老萊子比較的胖一些，且綰著雙丫髻，——不過還是無趣味。

人說，諷刺和冷嘲只隔一張紙，我以為有趣和肉麻也一樣。孩子對父母撒嬌可以看得有趣，若是成人，便未免有些不順眼。放達的夫妻在人面前的互相愛憐的態度，有時略一跨出有趣的界線，也容易變為肉麻。老萊子的作態的圖，正無怪誰也畫不好。像這些圖畫上似的家庭裏，我是一天也住不舒服的，你看這樣一位七十歲的老太爺整年假惺惺地玩著一個「搖咕咚」。

漢朝人在宮殿和墓前的石室裏，多喜歡繪畫或雕刻古來的帝王，孔子弟子，列士，列女，孝子之類的圖。宮殿當然一椽不存了；石室卻偶然還有，而最完全的是山東嘉祥縣的

武氏石室。我彷彿記得那上面就刻著老萊子的故事。但現在手頭既沒有拓本，也沒有《金石萃編》，不能查考了；否則，將現時的和約一千八百年前的圖畫比較起來，也是一種頗有趣味的事。

關於老萊子的，《百孝圖》上還有這樣的一段：

「……萊子又有弄雛娛親之事：嘗弄雛於雙親之側，欲親之喜。」（原注：《高士傳》。）

誰做的《高士傳》呢？嵇康的，還是皇甫謐的？也還是手頭沒有書，無從查考。只在新近因為白得了一個月的薪水，這才發狠買來的《太平御覽》上查了一通，到底查不著，倘不是我粗心，那就是出於別的唐宋人的類書裏的了。但這也沒有什麼大關係。我所覺得特別的，是文中的那「雛」字。

我想，這「雛」未必一定是小禽鳥。孩子們喜歡弄來玩耍的，用泥和綢或布做成的人形，日本也叫 Hina，寫作

「雛」。他們那裏往往存留中國的古語；而老萊子在父母面前弄孩子的玩具，也比弄小禽鳥更自然。所以英語的Doll，即我們現在稱為「洋囡囡」或「泥人兒」，而文字上只好寫作「傀儡」的，說不定古人就稱「雛」，後來中絕，便只殘存於日本了。但這不過是我一時的臆測，此外也並無什麼堅實的憑證。這弄雛的事，似乎也還沒有人畫過圖。

我所搜集的另一批，是內有「無常」的畫像的書籍。一曰《玉曆鈔傳警世》（或無下二字），一曰《玉曆至寶鈔》（或作編）。其實是兩種都差不多的。關於搜集的事，我首先仍要感謝常維鈞兄，他寄給我北京龍光齋本，又鑒光齋本；天津思過齋本，又石印局本；南京李光明莊本。其次是章矛塵兄，給我杭州瑪瑙經房本，紹興許廣記本，最近石印本。又其次是我自己，得到廣州寶經閣本，又翰元樓本。

這些《玉曆》，有繁簡兩種，是和我的前言相符的。但

我調查了一切無常的畫像之後，卻恐慌起來了。因為書上的「活無常」是花袍，紗帽、背後插刀；而拿算盤，戴高帽子的卻是「死有分」！雖然面貌有兇惡和和善之別，腳下有草鞋和布（？）鞋之殊，也不過畫工偶然的隨便，而最關緊要的題字，則全體一致，曰：「死有分」。嗚呼，這明明是專在和我為難。

然而我還不能心服。一者因為這些書都不是我幼小時候所見的那一部，二者因為我還確信我的記憶並沒有錯。不過撕下一頁來做插畫的企圖，卻被無聲無臭地打得粉碎了。只得選取標本各一——南京本的死有分和廣州本的活無常——之外，還自己動手，添畫一個我所記得的目連戲或迎神賽會中的「活無常」來塞責，如第三圖上方。好在我並非畫家，雖然太不高明，讀者也許不至於嗔責罷。先前想不到後來，曾經對於吳友如先生輩頗說過幾句蹊蹺話，不料曾幾何時，即須自己出醜了，現在就預先辯解幾句在這裏存案。但是，

如果無效，那也只好直抄徐（世昌）大總統的哲學：聽其自然。

還有不能心服的事，是我覺得雖是宣傳《玉曆》的諸公，於陰間的事情其實也不大了然。例如一個人初死時的情狀，那圖像就分成兩派。一派是只來一位手執鋼叉的鬼卒，叫作「勾魂使者」，此外什麼都沒有；一派是一個馬面，兩個無常——陽無常和陰無常——而並非活無常和死有分。倘說，那兩個就是活無常和死有分罷，則和單個的畫像又不一致。如第四圖版上的A，陽無常何嘗是花袍紗帽？只有陰無常卻和單畫的死有分頗相像的，但也放下算盤拿了扇。這還可以說大約因為其時是夏天，然而怎麼又長了那麼長的絡腮鬍子了呢？難道夏天時疫多，他竟忙得連修刮的工夫都沒有了麼？這圖的來源是天津思過齋的本子，合併聲明；還有北京和廣州本上的，也相差無幾。

B是從南京的李光明莊刻本上取來的，圖畫和A相同，

而題字則正相反了：天津本指為陰無常者，它卻道是陽無常。但和我的主張是一致的。那麼，倘有一個素衣高帽的東西，不問他鬍子之有無，北京人，天津人，廣州人只管去稱為陰無常或死有分，我和南京人則叫他活無常，各隨自己的便罷。「名者，實之賓也」，不關什麼緊要的。

不過我還要添上一點C圖，是紹興許廣記刻本中的一部分，上面並無題字，不知宣傳者於意云何。我幼小時常常走過許廣記的門前，也閑看他們刻圖畫，是專愛用弧線和直線，不大肯作曲線的，所以無常先生的真相，在這裏也難以判然。只是他身邊另有一個小高帽，卻還能分明看出，為別的本子上所無。這就是我所說過的在賽會時候出現的阿領。他連辦公時間也帶著兒子走，我想，大概是在叫他跟隨學習，預備長大之後，可以「無改於父之道」的。

除勾攝人魂外，十殿閻羅王中第四殿五官王的案桌旁邊，也什九站著一個高帽腳色。如D圖，1. 取自天津的思

過齋本，模樣頗漂亮；2. 是南京本，舌頭拖出來了，不知何故；3. 是廣州的寶經閣本，扇子破了；4. 是北京龍光齋本，無扇，下巴之下一條黑，我看不透它是鬚子還是舌頭；5. 是天津石印局本，也頗漂亮，然而站到第七殿泰山王的公案桌邊去了：這是很特別的。

又，老虎噬人的圖上，也一定畫有一個高帽的腳色，拿著紙扇子暗地裏在指揮。不知道這也就是無常呢，還是所謂「倀鬼」？但我鄉戲文上的倀鬼都不戴高帽子。

研究這一類三魂渺渺，七魄茫茫，「死無對證」的學問，是很新穎，也極佔便宜的。假使徵集材料，開始討論，將各種往來的信件都編印起來，恐怕也可以出三四本頗厚的書，並且因此升為「學者」。但是，「活無常學者」，名稱不大冠冕，我不想幹下去了，只在這裏下一個武斷：

《玉曆》式的思想是很粗淺的：「活無常」和「死有

分」，合起來是人生的象徵。人將死時，本只須死有分來到。因為他一到，這時候，也就可見「活無常」。

但民間又有一種自稱「走陰」或「陰差」的，是生人暫時入冥，幫辦公事的腳色。因為他幫同勾魂攝魄，大家也就稱之為「無常」；又以其本是生魂也，則別之曰「陽」，但從此便和「活無常」隱然相混了。如第四圖版之A，題為「陽無常」的，是平常人的普通裝束，足見明明是陰差，他的職務只在領鬼卒進門，所以站在階下。

既有了生魂入冥的「陽無常」，便以「陰無常」來稱職務相似而並非生魂的死

後記

有分了。

做目連戲和迎神賽會雖說是禱祈，同時也等於娛樂，扮演出來的應該是陰差，而普通狀態太無趣，——無所謂扮演，——不如奇特些好，於是就將「那一個無常」的衣裝給他穿上了；——自然原也沒有知道得很清楚。然而從此也更傳訛下去。所以南京人和我之所謂活無常，是陰差而穿著死有分的衣冠，頂著真的活無常的名號，大背經典，荒謬得很的。

不知海內博雅君子，以為如何？

我本來並不準備做什麼後記，只想尋幾張舊畫像來做插圖，不料目的不達，便變成一面比較，剪貼，一面亂髮議論了。那一點本文或作或輟地幾乎做了一年，這一點後記也或作或輟地幾乎做了兩個月。天熱如此，汗流浹背，是亦不可以已乎：爰為結。

一九二七年七月十一日

寫完於廣州東堤寓樓之西窗下

名家．解讀

《二十四孝圖》和《後記》集中記述了封建倫理的「孝道」對童年魯迅的殘害。倫理學是「全部傳統文化的心臟和塔頂」。而以「忠」「孝」為核心的封建倫理，是封建社會賴以生存的精神支柱。抓住了「孝」的殘忍和虛偽，也就打中了「孝道」的要害。在《二十四孝圖》中，最不能容忍的莫過於「郭巨埋兒」和「老萊娛親」。……魯迅在《後記》中又選了《老萊子三種》插圖，讓讀者更直接地感受「假惺惺地玩著一個『搖咕呼』」的「作態」圖。並且厭惡地說，「像這種圖畫上似的家庭裏，我是一天也住不舒服的。」《後記》中還選有《曹娥投江尋父屍》兩幅插圖。進一步揭露了封建衛道士們的無恥和虛偽；在如何使父親屍體浮上水面，是「面對面抱著」呢，還是「背對背地負著」呢？

——李振坤《文化．文獻．審美——〈朝花夕拾〉風格論》

集外

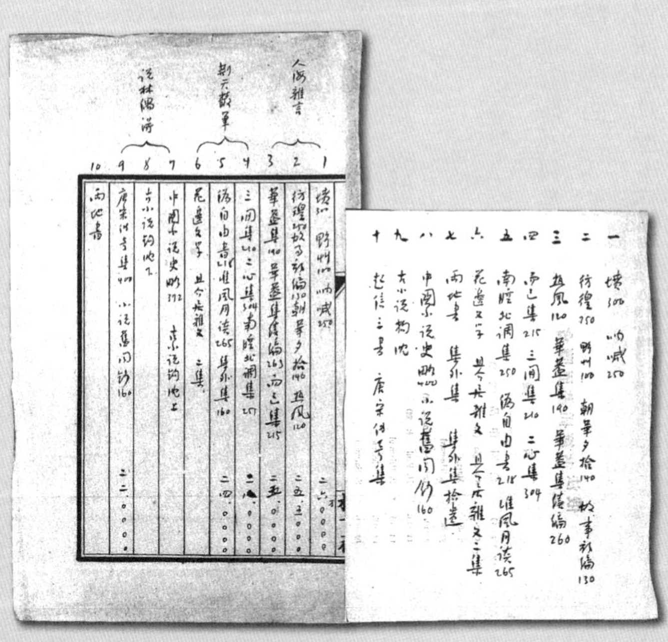

魯迅自擬「三十年集」編目手稿（1936年）

自言自語

一、序

水村的夏夜，搖著大芭蕉扇，在大樹下乘涼，是一件極舒服的事。男女都談些閑天，說些故事。孩子是唱歌的唱歌，猜謎的猜謎。

只有陶老頭子，天天獨自坐著。因為他一世沒有進過城，見識有限，無天可談。而且眼花耳聾，問七答八，說三話四，很有點討厭，所以沒人理他。

他卻時常閉著眼，自己說些什麼。仔細聽去，雖然昏話

多，偶然之間，卻也有幾句略有意思的段落的。

夜深了，乘涼的都散了。我回家點上燈，還不想睡，便將聽得的話寫了下來，再看一回，卻又毫無意思了。

其實陶老頭子這等人，那裏真會有好話呢，不過既然寫出，姑且留下罷了。

留下又怎樣呢？這是連我也答覆不來。

中華民國八年八月八日燈下記。

二、火的冰

流動的火，是熔化的珊瑚麼？

中間有些綠白，像珊瑚的心，渾身通紅，像珊瑚的肉，外層帶些黑，是珊瑚焦了。

好是好呵，可惜拿了要燙手。

遇著說不出的冷，火便結了冰了。

中間有些綠白，像珊瑚的心，渾身通紅，像珊瑚的肉，外層帶些黑，也還是珊瑚焦了。

好是好呵，可惜拿了便要火燙一般的冰手。

火，火的冰，人們沒奈何他，他自己也苦麼？

唉，火的冰。

唉，唉，火的冰的人！

三、**古城**

你以為那邊是一片平地麼？不是的。其實是一座沙山，沙山裏面是一座古城。這古城裏，一直從前住著三個人。

古城不很大，卻很高。只有一個門，門是一個閘。

青鉛色的濃霧，捲著黃沙，波濤一般的走。

少年說，「沙來了。活不成了。孩子快逃罷。」

老頭子說，「胡說，沒有的事。」

這樣的過了三年和十二個月另八天。

少年說，「沙積高了，活不成了。孩子快逃罷。」

老頭子說，「胡說，沒有的事。」

少年想開閘，可是重了。因為上面積了許多沙了。

少年拼了死命，終於舉起閘，用手腳都支著，但總不到二尺高。

少年擠那孩子出去說，「快走罷！」

老頭子拖那孩子回來說，「沒有的事！」

少年說，「快走罷！這不是理論，已經是事實了！」

青鉛色的濃霧，捲著黃沙，波濤一般的走。

以後的事，我可不知道了。

你要知道，可以掘開沙山，看看古城。閘門下許有一個死屍。閘門裏是兩個還是一個？

了。

四、螃蟹

老螃蟹覺得不安了，覺得全身太硬了。自己知道要蛻殼了。

他跑來跑去的尋。他想尋一個窟穴，躲了身子，將石子堵了穴口，隱隱的蛻殼。他知道外面蛻殼是危險的。身子還軟，要被別的螃蟹吃去的。這並非空害怕，他實在親眼見過。他慌慌張張的走。

旁邊的螃蟹問他說，「老兄，你何以這般慌？」

他說，「我要蛻殼了。」

「就在這裏蛻不很好麼？我還要幫你呢。」

「那可太怕人了。」

「你不怕窟穴裏的別的東西，卻怕我們同種麼？」

「我不是怕同種。」

「那還怕什麼呢？」

「就怕你要吃掉我。」

五、波兒

波兒氣憤憤的跑了。

波兒這孩子，身子有矮屋一般高了，還是淘氣，不知道從那裏學了壞樣子，也想種花了。

不知道從那裏要來的薔薇子，種在乾地上，早上澆水，上午澆水，正午澆水。

正午澆水，土上面一點小綠，波兒很高興，午後澆水，小綠不見了，許是被蟲子吃了。

波兒去了噴壺，氣憤憤的跑到河邊，看見一個女孩子哭著。

波兒說，「你為什麼在這裏哭？」

女孩子說，「你嘗河水什麼味罷。」

波兒嘗了水，說是「淡的」。

女孩子說，「我落下了一滴淚了，還是淡的，我怎麼不哭呢。」

波兒說，「你是傻丫頭！」

波兒氣憤憤的跑到海邊，看見一個男孩子哭著。

波兒說，「你為什麼在這裏哭？」

男孩子說，「你看海水是什麼顏色？」

波兒看了海水，說是「綠的」。

男孩子說，「我滴下了一點血了，還是綠的，我怎麼不哭呢。」

波兒說，「你是傻小子！」

波兒才是傻小子哩。世上那有半天抽芽的薔薇花，花的種子還在土裏呢。

便是終於不出，世上也不會沒有薔薇花。

六、我的父親

我的父親躺在床上，喘著氣，臉上很瘦很黃，我有點怕敢看他了。他眼睛慢慢閉了，氣息漸漸平了。我的老乳母對我說，「你的爹要死了，你叫他罷。」

「爹爹。」

「不行，大聲叫！」

「爹爹！」

我的父親張一張眼，口邊一動，彷彿有點傷心，——他仍然慢慢的閉了眼睛。

我的老乳母對我說，「你的爹死了。」

阿！我現在想，大安靜大沈寂的死，應該聽他慢慢到來。誰敢亂嚷，是大過失。

我何以不聽我的父親，徐徐入死，大聲叫他。

阿！我的老乳母。你並無惡意，卻教我犯了大過，擾亂

我父親的死亡，使他只聽得叫「爹」，卻沒有聽到有人向荒山大叫。

那時我是孩子，不明白什麼事理。現在，略略明白，已經遲了。我現在告知我的孩子，倘我閉了眼睛，萬不要在我的耳朵邊叫了。

七、我的兄弟

我是不喜歡放風箏的，我的一個小兄弟是喜歡放風箏的。

我的父親死去之後，家裏沒有錢了。我的兄弟無論怎麼熱心，也得不到一個風箏了。

一天午後，我走到一間從來不用的屋子裏，看見我的兄弟，正躲在裏面糊風箏，有幾支竹絲，是自己削的，幾張皮紙，是自己買的，有四個風輪，已經糊好了。

我是不喜歡放風箏的，也最討厭他放風箏，我便生氣，踏碎了風輪，拆了竹絲，將紙也撕了。

我的兄弟哭著出去了，悄然的在廊下坐著，以後怎樣，我那時沒有理會，都不知道了。

我後來悟到我的錯處。我的兄弟卻將我這錯處全忘了，他總是很要好的叫我「哥哥」。

我很抱歉，將這事說給他聽，他卻連影子都記不起了。他仍是很要好的叫我「哥哥」。

阿！我的兄弟。你沒有記得我的錯處，我能請你原諒麼？

然而還是請你原諒罷！

名家．解讀

本組文章最初斷斷續續地連載於一九一九年8月19日至9月9日《國民公報．新文藝》欄，署名神飛，第七節末原注「未完」。它們可以看作魯迅一九二四年以後創作《野草》散文詩的一次練習，如《火的冰》、《我的兄弟》與《野草》中的《死人》、《風箏》都有一脈相承之處。《我的父親》則是《朝花夕拾》中《父親的病》的片斷抒寫了。這些作品的文字比《野草》平易流暢，然而詩的隱喻性已相當濃郁。如《古城》隱喻歷史惰性之窒息人的生存；《螃蟹》隱喻在弱肉強食環境中「幫忙」成了「吃人」的幌子，《波兒》隱喻女孩的淚、男孩的血都難以改變歷史長河的發展，這些均可看作魯迅借散文詩寫自己的哲學的嘗試。

——楊義《魯迅作品精華》

我和語絲的始終

同我關係較為長久的，要算《語絲》了。

大約這也是原因之一罷，「正人君子」們的刊物，曾封我為「語絲派主將」，連急進的青年所做的文章，至今還說我是《語絲》的「指導者」。去年，非罵魯迅便不足以自救其沒落的時候，我曾蒙匿名氏寄給我兩本中途的《山雨》，打開一看，其中有一篇短文，大意是說我和孫伏園君在北京因被晨報館所壓迫，創辦《語絲》，現在自己一做編輯，便在投稿後面亂加按語，曲解原意，壓迫別的作者了，孫伏園君卻有絕好的議論，所以此後魯迅應該聽命於伏園。這聽說

是張孟聞先生的大文，雖然署名是另外兩個字。看來好像一群人，其實不過一兩個，這種事現在是常有的。

自然，「主將」和「指導者」，並不是壞稱呼，被晨報館所壓迫，也不能算是恥辱，老人該受青年的教訓，更是進步的好現象，還有什麼話可說呢。但是，「不虞之譽」，也和「不虞之毀」一樣地無聊，如果生平未曾帶過一兵半卒，而有人拱手頌揚道，「你真像拿破崙呀！」則雖是志在做軍閥的未來的英雄，也不會怎樣舒服的。

我並非「主將」的事，前年早已聲辯了——雖然似乎很少效力——這回想要寫一點下來的，是我從來沒有受過晨報館的壓迫，也並不是和孫伏園先生兩個人創辦了《語絲》。這的創辦，倒要歸功於伏園一位的。那時伏園是《晨報副刊》的編輯，我是由他個人來約，投些稿件的人。

然而我並沒有什麼稿件，於是就有人傳說，我是特約撰述，無論投稿多少，每月總有酬金三四十元的。據我所聞，

則晨報館確有這一種太上作者，但我並非其中之一，不過因為先前的師生——恕我僭妄，暫用這兩個字——關係罷，似乎也頗受優待：一是稿子一去，刊登得快；二是每千字二元至三元的稿費，每月底大抵可以取到；三是短短的雜評，有時也送些稿費來。但這樣的好景象並不久長，伏園的椅子頗有不穩之勢。因為有一位留學生（不幸我忘掉了他的名姓）新從歐洲回來，和晨報館有深關係，甚不滿意於副刊，決計加以改革，並且為戰鬥計，已經得了「學者」的指示，在開手看 Anatole France 的小說了。

那時的法蘭斯，威爾士，蕭，在中國是大有威力，足以嚇倒文學青年的名字，正如今年的辛克萊兒一般，所以以那時而論，形勢實在是已經非常嚴重。不過我現在無從確說，從那位留學生開手讀法蘭斯的小說起到伏園氣忿忿地跑到我的寓裏來為止的時候，其間相距是幾月還是幾天。

「我辭職了。可惡！」

這是有一夜，伏園來訪，見面後的第一句話。那原是意料中事，不足異的。第二步，我當然要問問辭職的原因，而不料竟和我有了關係。他說，那位留學生乘他外出時，到排字房去將我的稿子抽掉，因此爭執起來，弄到非辭職不可了。但我並不氣忿，因為那稿子不過是三段打油詩，題作《我的失戀》，是看見當時「阿呀阿唷，我要死了」之類的失戀詩盛行，故意做一首用「由她去罷」收場的東西，開開玩笑的。這詩後來又添了一段，登在《語絲》上，再後來就收在《野草》中。而且所用的又是另一個新鮮的假名，在不肯登載第一次看見姓名的作者的稿子的刊物上，也當然很容易被有權者所放逐的。

但我很抱歉伏園為了我的稿子而辭職，心上似乎壓了一塊沉重的石頭。幾天之後，他提議要自辦刊物了，我自然答應願意竭力「吶喊」。至於投稿者，倒全是他獨力邀來的，記得是十六人，不過後來也並非都有投稿。於是印了廣告，

到各處張貼，分散，大約又一星期，一張小小的週刊便在北京——尤其是大學附近——出現了。這便是《語絲》。

那名目的來源，聽說，是有幾個人，任意取一本書，將書任意翻開，用指頭點下去，那被點到的字，便是名稱。那時我不在場，不知道所用的是什麼書，是一次便得了《語絲》的名，還是點了好幾次，而曾將不像名稱的廢去。但要之，即此已可知這刊物本無所謂一定的目標，統一的戰線；那十六個投稿者，意見態度也各不相同，例如顧頡剛教授，投的便是「考古」稿子，不如說，和《語絲》的喜歡涉及現在社會者，倒是相反的。不過有些人們，大約開初是只在敷衍和伏園的交情的罷，所以投了兩三回稿，便取「敬而遠之」的態度，自然離開。

連伏園自己，據我的記憶，自始至今，也只做過三回文字，末一回是宣言從此要大為《語絲》撰述，然而宣言之後，卻連一個字也不見了。於是《語絲》的固定的投稿者，

至多便只剩了五六人，但同時也在不意中顯了一種特色，是：任意而談，無所顧忌，要催促新的產生，對於有害於新的舊物，則竭力加以排擊，——但應該產生怎樣的「新」，卻並無明白的表示，而一到覺得有些危急之際，也還是故意隱約其詞。陳源教授痛斥「語絲派」的時候，說我們不敢直罵軍閥，而偏和握筆的名人為難，便由於這一點。但是，叱吧兒狗險於叱狗主人，我們其實也知道的，所以隱約其詞者，不過要使走狗嗅得，跑去獻功時，必須詳加說明，比較地費些力氣，不能直捷痛快，就得好處而已。

當開辦之際，努力確也可驚，那時做事的，伏園之外，我記得還有小峰和川島，都是乳毛還未褪盡的青年，自跑印刷局，自去校對，自疊報紙，還自己拿到大眾聚集之處去兜售，這真是青年對於老人，學生對於先生的教訓，令人覺得自己只用一點思索，寫幾句文章，未免過於安逸，還須竭力學好了。

但自己賣報的成績，聽說並不佳，一紙風行的，還是在幾個學校，尤其是北京大學，尤其是第一院（文科）。理科次之。在法科，則不大有人顧問。倘若說，北京大學的法，政，經濟科出身諸君中，絕少有《語絲》的影響，恐怕是不會很錯的。至於對於《晨報》的影響，我不知道，但似乎也頗受些打擊，曾經和伏園來說和，伏園得意之餘，忘其所以，曾以勝利者的笑容，笑著對我說道：「真好，他們竟不料踏在炸藥上了！」

這話對別人說是不算什麼的。但對我說，卻好像澆了一碗冷水，因為我即刻覺得這「炸藥」是指我而言，用思索，做文章，都不過使自己為別人的一個小糾葛而粉身碎骨，心裏就一面想：

「真糟，我竟不料被埋在地下了！」

我於是乎「彷徨」起來。

譚正璧先生有一句用我的小說的名目，來批評我的作品

的經過的極伶俐而省事的話道：「魯迅始於『吶喊』而終於『彷徨』」（大意），我以為移來敘述我和《語絲》由始以至此時的歷史，倒是很確切的。

但我的「彷徨」並不用許多時，因為那時還有一點讀過尼采的《Zarathustra》的餘波，從我這裏只要能擠出——雖然不過是擠出——文章來，就擠了去罷，從我這裏只要能做出一點「炸藥」來，就拿去做了罷，於是也就決定，還是照舊投稿了——雖然對於意外的被利用，心裏也耿耿了好幾天。

《語絲》的銷路可只是增加起來，原定是撰稿者同時負擔印費的，我付了十元之後，就不見再來收取了，因為收支已足相抵，後來並且有了贏餘。於是小峰就被尊為「老闆」，但這推尊並非美意，其時伏園已另就《京報副刊》編輯之職，川島還是搗亂小孩，所以幾個撰稿者便只好搿住了多眼而少開口的小峰，加以榮名，勒令拿出贏餘來，每月請

一回客。

這「將欲取之，必先與之」的方法果然奏效，從此市場中的茶居或飯鋪的或一房門外，有時便會看見掛著一塊上寫「語絲社」的木牌。倘一駐足，也許就可以聽到疑古玄同先生的又快又響的談吐。但我那時是在避開宴會的，所以毫不知道內部的情形。

我和《語絲》的淵源和關係，就不過如此，雖然投稿時多時少。但這樣地一直繼續到我走出了北京。到那時候，我還不知道實際上是誰的編輯。

到得廈門，我投稿就很少了。一者因為相離已遠，不受催促，責任便覺得輕；二者因為人地生疏，學校裏所遇到的又大抵是些念佛老嫗式口角，不值得費紙墨。倘能做《魯賓孫教書記》或《蚊蟲叮卵脬論》，那也許倒很有趣的，而我又沒有這樣的「天才」，所以只寄了一點極瑣碎的文字。這年底到了廣州，投稿也很少。第一原因是和在廈門相同的；

第二，先是忙於事務，又看不清那裏的情形，後來頗有感慨了，然而我不想在它的敵人的治下去發表。

不願意在有權者的刀下，頌揚他的威權，並奚落其敵人來取媚，可以說，也是「語絲派」一種幾乎共同的態度。所以《語絲》在北京雖然逃過了段祺瑞及其吧兒狗們的撕裂，但終究被「張大元帥」所禁止了，發行的北新書局，且同時遭了封禁，其時是一九二七年。

這一年，小峰有一回到我的上海的寓居，提議《語絲》就要在上海印行，且囑我擔任做編輯。以關係而論，我是不應該推託的。於是擔任了。從這時起，我才探問向來的編法。那很簡單，就是：凡社員的稿件，編輯者並無取捨之權，來則必用，只有外來的投稿，由編輯者略加選擇，必要時且或略有所刪除。所以我應做的，不過後一段事，而且社員的稿子，實際上也十之九直寄北新書局，由那裏徑送印刷局的，等到我看見時，已在印釘成書之後了。

所謂「社員」，也並無明確的界限，最初的撰稿者，所餘早已無多，中途出現的人，則在中途忽來忽去。因為《語絲》是又有愛登碰壁人物的牢騷的習氣的，所以最初出陣，尚無用武之地的人，或本在別一團體，而發生意見，藉此反攻的人，也每和《語絲》暫時發生關係，待到功成名遂，當然也就淡漠起來。至於因環境改變，意見分歧而去的，那自然尤為不少。

因此所謂「社員」者，便不能有明確的界限。前年的方法，是只要投稿幾次，無不刊載，此後便放心發稿，和舊社員一律待遇了。但經舊的社員紹介，直接交到北新書局，刊出之前，為編輯者的眼睛所不能見者，也間或有之。

經我擔任了編輯之後，《語絲》的時運就很不濟了，受了一回政府的警告，遭了浙江當局的禁止，還招了創造社式「革命文學」家的拚命的圍攻。警告的來由，我莫名其妙，有人說是因為一篇戲劇；禁止的緣故也莫名其妙，有人說是因為登載了揭發復旦大學內幕的文字，而那時浙江的黨務指導委員老爺卻有復旦大學出身的人們。至於創造社派的攻擊，那是屬於歷史底的了，他們在把守「藝術之宮」，還未「革命」的時候，就已經將「語絲派」中的幾個人看作眼中釘的，敘事夾在這裏太冗長了，且待下一回再說罷。

但《語絲》本身，卻確實也在消沉下去。一是對於社會現象的批評幾乎絕無，連這一類的投稿也少有，二是所餘的幾個較久的撰稿者，過時又少了幾個了。前者的原因，我以為是在無話可說，或有話而不敢言，警告和禁止，就是一個實證。後者，我恐怕是其咎在我的。舉一點例罷，自從我萬不得已，選登了一篇極平和的糾正劉半農先生的「林則徐被俘」之誤的來信以後，他就不再有片紙隻字；江紹原先生紹介了一篇油印的《馮玉祥先生……》來，我不給編入之後，紹原先生也就從此沒有投稿了。並且這篇油印文章不久便在也是伏園所辦的《貢獻》上登出，上有鄭重的小序，說明著

我託辭不載的事由單。

還有一種顯著的變遷是廣告的雜亂。看廣告的種類，大概是就可以推見這刊物的性質的。例如「正人君子」們所辦的《現代評論》上，就會有金城銀行的長期廣告，南洋華僑學生所辦的《秋野》上，就能見「虎標良藥」的招牌。雖是打著「革命文學」旗子的小報，只要有那上面的廣告大半是花柳藥和飲食店，便知道作者和讀者，仍然和先前的專講妓女戲子的小報的人們同流，現在不過用男作家，女作家來替代了倡優，或捧或罵，算是在文壇上做工夫。

《語絲》初辦的時候，對於廣告的選擇是極嚴的，雖是新書，倘社員以為不是好書，也不給登載。因為是同人雜誌，所以撰稿者也可行使這樣的職權。聽說北新書局之辦《北新半月刊》，就因為在《語絲》上不能自由登載廣告的緣故。但自從移在上海出版以後，書籍不必說，連醫生的診例也出現了，襪廠的廣告也出現了，甚至於立愈遺精藥品的

廣告也出現了。固然，誰也不能保證《語絲》的讀者決不遺精，況且遺精也並非惡行，但善後辦法，卻須向《申報》之類，要穩當，則向《醫藥學報》的廣告上去留心的。我因此得了幾封詰責的信件，又就在《語絲》本身上登了一篇投來的反對的文章。

但以前我也曾盡了我的本分。當襪廠出現時，曾經當面質問過小峰，回答是「發廣告的人弄錯的」；遺精藥出現時，是寫了一封信，並無答覆，但從此以後，廣告卻也不見了。我想，在小峰，大約還要算是讓步的，因為這時對於一部分的作家，早由北新書局致送稿費，不只負發行之責，而《語絲》也因此並非純粹的同人雜誌了。

積了半年的經驗之後，我就決計向小峰提議，將《語絲》停刊，沒有得到贊成，我便辭去編輯的責任。小峰要我尋一個替代的人，我於是推舉了柔石。

但不知為什麼，柔石編輯了六個月，第五卷的上半卷一

完，也辭職了。

以上是我所遇見的關於《語絲》四年中的瑣事。試將前幾期和近幾期一比較，便知道其間的變化，有怎樣的不同，最分明的是幾乎不提時事，且多登中篇作品了，這是因為容易充滿頁數而又可免於遭殃。雖然因為毀壞舊物和戳破新盒子而露出裏面所藏的舊物來的一種突擊之力，至今尚為舊的和自以為新的人們所憎惡，但這力是屬於往昔的了。

十二月二十二日

名家．解讀

「五四」以後，報章雜誌林林總總，除了《新青年》，大概要算《語絲》同魯迅的關係最密切了。他參與了這個雜誌的創辦並且是主要撰稿人。社裏複雜的人事關係他是清楚

的，因此他這篇文章可以算是一個《語絲》小史，但當然他仍以自己的見聞作為主線。

《語絲》剛創辦不久，就顯出一種特色，魯迅說是：任意而談，無所顧及，要催促新的產生，對於有害於新的舊物，則竭力加以排斥……

魯迅和周作人在這個週刊上發表許多文章，大都是他們與社會鬥爭最激烈時、思想最充沛的文字。所以有人說魯迅（還有周作人）是「語絲派」的主將，是不無理由的。魯迅在文章裏也多次說到這個刊物的影響，認為它的多談時事、抒發自由思想的文章是它最鼎盛時代的表徵，而後來就漸漸趨於平穩。他和它的關係也因南北隔離而結束了。他仍然懷念已屬於往昔的對於舊事物的那種突擊之力。

那樣的鼎盛時代不會再有了，手足之情，朋友之誼，都是煙雲，在記憶中慢慢飄散。

——黃喬生《走進魯迅世界》

為了忘卻的紀念

一

我早已想寫一點文字，來紀念幾個青年的作家。這並非為了別的，只因為兩年以來，悲憤總時時來襲擊我的心，至今沒有停止，我很想借此算是竦身一搖，將悲哀擺脫，給自己輕鬆一下，照直說，就是我倒要將他們忘卻了。

兩年前的此時，即一九三一年的二月七日夜或八日晨，是我們的五個青年作家同時遇害的時候。當時上海的報章都不敢載這件事，或者也許是不願，或不屑載這件事，只在

《文藝新聞》上有一點隱約其辭的文章。那第十一期（五月二十五日）裏，有一篇林莽先生作的《白莽印象記》，中間說：

「他做了好些詩，又譯過匈牙利詩人彼得斐的幾首詩，當時的《奔流》的編輯者魯迅接到了他的投稿，便來信要和他會面，但他卻是不願見名人的人，結果是魯迅自己跑來找他，竭力鼓勵他作文學的工作，但他終於不能坐在亭子間裏寫，又去跑他的路了。不久，他又一次的被了捕。……」

這裏所說的我們的事情其實是不確的。白莽並沒有這麼高慢，他曾經到過我的寓所來，但也不是因為我要求和他會面；我也沒有這麼高慢，對於一位素不相識的投稿者，會輕率的寫信去叫他。我們相見的原因很平常，那時他所投的是

從德文譯出的《彼得斐傳》，我就發信去討原文，原文是載在詩集前面的，郵寄不便，他就親自送來了。看去是一個二十多歲的青年，面貌很端正，顏色是黑黑的，當時的談話我已經忘卻，只記得他自說姓徐，象山人；我問他為什麼代你收信的女士是這麼一個怪名字（怎麼怪法，現在也忘卻了），他說她就喜歡起得這麼怪，羅曼諦克，自己也有些和她不大對勁了。就只剩了這一點。

夜裏，我將譯文和原文粗粗的對了一遍，知道除幾處誤譯之外，還有一個故意的曲譯。他像是不喜歡「國民詩人」這個字的，都改成「民眾詩人」了。第二天又接到他一封來信，說很悔和我相見，他的話多，我的話少，又冷，好像受了一種威壓似的。我便寫一封回信去解釋，說初次相會，說話不多，也是人之常情，並且告訴他不應該由自己的愛憎，將原文改變。因為他的原書留在我這裏了，就將我所藏的兩本集子送給他，問他可能再譯幾首詩，以供讀者的參看。他

果然譯了幾首，自己拿來了，我們就談得比第一回多一些。這傳和詩，後來就都登在《奔流》第二卷第五本，即最末的一本裏。

我們第三次相見，我記得是在一個熱天。有人打門了，我去開門時，來的就是白莽，卻穿著一件厚棉袍，汗流滿面，彼此都不禁失笑。這時他才告訴我他是一個革命者，剛由被捕而釋出，衣服和書籍全被沒收了，連我送他的那兩本；身上的袍子是從朋友那裏借來的，沒有夾衫，而必須穿長衣，所以只好這麼出汗。我想，這大約就是林莽先生說的「又一次的被了捕」的那一次了。

我很欣幸他的得釋，就趕緊付給稿費，使他可以買一件夾衫，但一面又很為我的那兩本書痛惜：落在捕房的手裏，真是明珠投暗了。那兩本書，原是極平常的，一本散文，一本詩集，據德文譯者說，這是他搜集起來的，雖在匈牙利本國，也還沒有這麼完全的本子，然而印在《萊克朗氏萬有文

庫》（Reclam's Uni v ersal-Bibliothek）中，倘在德國，就隨處可得，也值不到一元錢。

不過在我是一種寶貝，因為這是三十年前，正當我熱愛彼得斐的時候，特地托丸善書店（編按・日本東京的書店）從德國去買來的，那時還恐怕因為書極便宜，店員不肯經手，開口時非常惴惴。後來大抵帶在身邊，只是情隨事遷，已沒有翻譯的意思了，這回便決計送給這也如我的那時一樣，熱愛彼得斐的詩的青年，算是給它尋得了一個好著落。

所以還鄭重其事，托柔石親自送去的。誰料竟會落在「三道頭」之類的手裏的呢，這豈不冤枉！

二

我的決不邀投稿者相見，其實也並不完全因為謙虛，其

中含著省事的分子也不少。由於歷來的經驗，我知道青年們，尤其是文學青年們，十之九是感覺很敏，自尊心也很旺盛的，一不小心，極容易得到誤解，所以倒是故意迴避的時候多。見面尚且怕，更不必說敢有託付了。但那時我在上海，也有一個惟一的不但敢於隨便談笑，而且還敢於托他辦點私事的人，那就是送書去給白莽的柔石。

我和柔石最初的相見，不知道是何時，在那裏。他彷彿說過，曾在北京聽過我的講義，那麼，當在八九年之前了。我也忘記了在上海怎麼來往起來，總之，他那時住在景雲裏，離我的寓所不過四五家門面，不知怎麼一來，就來往起來了。

大約最初的一回他就告訴我是姓趙，名平復。但他又曾談起他家鄉的豪紳的氣焰之盛，說是有一個紳士，以為他的名字好，要給兒子用，叫他不要用這名字了。所以我疑心他

的原名是「平福」，平穩而有福，才正中鄉紳的意，對於「復」字卻未必有這麼熱心。他的家鄉，是台州的寧海，這只要一看他那台州式的硬氣就知道，而且頗有點迂，有時會令我忽而想到方孝孺，覺得好像也有些這模樣的。

他躲在寓里弄文學，也創作，也翻譯，我們往來了許多日，說得投合起來了，於是另外約定了幾個同意的青年，設立朝華社。目的是在紹介東歐和北歐的文學，輸入外國的版畫，因為我們都以為應該來扶植一點剛健質樸的文藝。接著就印《朝花旬刊》，印《近代世界短篇小說集》，印《藝苑朝華》，算都在循著這條線，只有其中的一本《谷虹兒畫選》，是為了掃蕩上海灘上的「藝術家」，即戳穿葉靈鳳這紙老虎而印的。

然而柔石自己沒有錢，他借了二百多塊錢來做印本。除買紙之外，大部分的稿子和雜務都是歸他做，如跑印刷局，製圖，校字之類。可是往往不如意，說起來皺著眉頭。看他

舊作品，都很有悲觀的氣息，但實際上並不然，他相信人們是好的。我有時談到人會怎樣的騙人，怎樣的賣友，怎樣的吮血，他就前額亮晶晶的，驚疑地圓睜了近視的眼睛，抗議道，「會這樣的麼？——不至於此罷？……」

不過朝花社不久就倒閉了，我也不想說清其中的原因，總之是柔石的理想的頭，先碰了一個大釘子，力氣固然白化，此外還得去借一百塊錢來付紙賬。後來他對於我那「人心惟危」說的懷疑減少了，有時也歎息道，「真會這樣的麼？……」但是，他仍然相信人們是好的。

他於是一面將自己所應得的朝花社的殘書送到明日書店和光華書局去，希望還能夠收回幾文錢，一面就拚命的譯書，準備還借款，這就是賣給商務印書館的《丹麥短篇小說集》和戈理基作的長篇小說《阿勒泰莫諾夫之事業》。但我想，這些譯稿，也許去年已被兵火燒掉了。

他的迂漸漸的改變起來，終於也敢和女性的同鄉或朋友

一同去走路了，但那距離，卻至少總有三四尺的。這方法很不好，有時我在路上遇見他，只要在相距三四尺前後或左右有一個年青漂亮的女人，我便會疑心就是他的朋友。但他和我一同走路的時候，可就走得近了，簡直是扶住我，因為怕我被汽車或電車撞死；我這面也為他近視而又要照顧別人擔心，大家都蒼皇失措的愁一路，所以倘不是萬不得已，我是不大和他一同出去的，我實在看得他吃力，因而自己也吃力。

無論從舊道德，從新道德，只要是損己利人的，他就挑選上，自己背起來。

他終於決定地改變了，有一回，曾經明白的告訴我，此後應該轉換作品的內容和形式。我說：這怕難罷，譬如使慣了刀的，這回要他耍棍，怎麼能行呢？他簡潔的答道：只要學起來！

他說的並不是空話，真也在從新學起來了，其時他曾經

帶了一個朋友來訪我，那就是馮鏗女士。談了一些天，我對於她終於很隔膜，我疑心她有點羅曼諦克，急於事功；我又疑心柔石的近來要做大部的小說，是發源於她的主張的。但我又疑心我自己，也許是柔石的先前的斬釘截鐵的回答，正中了我那其實是偷懶的主張的傷疤，所以不自覺地遷怒到她身上去了。——我其實也並不比我所怕見的神經過敏而自尊的文學青年高明。

她的體質是弱的，也並不美麗。

三

直到左翼作家聯盟成立之後，我才知道我所認識的白莽，就是在《拓荒者》上做詩的殷夫。有一次大會時，我便帶了一本德譯的，一個美國的新聞記者所做的中國遊記去送他，這不過以為他可以由此練習德文，另外並無深意。然而

他沒有來。我只得又托了柔石。

但不久，他們竟一同被捕，我的那一本書，又被沒收，落在「三道頭」之類的手裏了。

四

明日書店要出一種期刊，請柔石去做編輯，他答應了；書店還想印我的譯著，托他來問版稅的辦法，我便將我和北新書局所訂的合同，抄了一份交給他，他向衣袋裏一塞，匆匆的走了。其時是一九三一年一月十六日的夜間，而不料這一去，竟就是我和他相見的末一回，竟就是我們的永訣。

第二天，他就在一個會場上被捕了，衣袋裏還藏著我那印書的合同，聽說官廳因此正在找尋我。印書的合同，是明明白白的，但我不願意到那些不明不白的地方去辯解。

記得《說岳全傳》裏講過一個高僧，當追捕的差役剛到

寺門之前，他就「坐化」了，還留下什麼「何立從東來，我向西方走」的偈子。這是奴隸所幻想的脫離苦海的惟一的好方法，「劍俠」盼不到，最自在的惟此而已。我不是高僧，沒有涅槃的自由，卻還有生之留戀，我於是就逃走。

這一夜，我燒掉了朋友們的舊信劄，就和女人抱著孩子走在一個客棧裏。不幾天，即聽得外面紛紛傳我被捕，或是被殺了，柔石的消息卻很少。有的說，他曾經被巡捕帶到明日書店裏，問是否是編輯；有的說，他曾經被巡捕帶往北新書局去，問是否是柔石，手上上了銬，可見案情是重的。但怎樣的案情，卻誰也不明白。

他在囚繫中，我見過兩次他寫給同鄉的信，第一回是這樣的——

「我與三十五位同犯（七個女的）於昨日到龍華。並於昨夜上了鐐，開政治犯從未上鐐之紀錄。

此案累及太大，我一時恐難出獄，書店事望兄為我代辦之。現亦好，且跟殷夫兄學德文，此事可告周先生；望周先生勿念，我等未受刑。捕房和公安局，幾次問周先生地址，但我那裏知道。諸望勿念。祝好！

趙少雄一月二十四日。」

以上正面。

「洋鐵飯碗，要二三隻
如不能見面，可將東西
望轉交趙少雄」

以上背面。

他的心情並未改變，想學德文，更加努力；也仍在紀念我，像在馬路上行走時候一般。但他信裏有些話是錯誤的，政治犯而上鐐，並非從他們開始，但他向來看得官場還太高，以為文明至今，到他們才開始了嚴酷。其實是不然的。果然，第二封信就很不同，措詞非常慘苦，且說馮女士的面目都浮腫了，可惜我沒有抄下這封信。其時傳說也更加紛繁，說他可以贖出的也有，說他已經解往南京的也有，毫無確信；而用函電來探問我的消息的也多起來，連母親在北京也急得生病了，我只得一一發信去更正，這樣的大約有二十天。

天氣愈冷了，我不知道柔石在那裏有被褥不？我們是有的。洋鐵碗可曾收到了沒有？……但忽然得到一個可靠的消息，說柔石和其他二十三人，已於二月七日夜或八日晨，在龍華警備司令部被槍斃了，他的身上中了十彈。

原來如此！……

在一個深夜裏，我站在客棧的院子中，周圍是堆著的破爛的什物；人們都睡覺了，連我的女人和孩子。我沉重的感到我失掉了很好的朋友，中國失掉了很好的青年，我在悲憤中沉靜下去了，然而積習卻從沉靜中抬起頭來，湊成了這樣的幾句：

慣於長夜過春時，挈婦將雛鬢有絲。
夢裏依稀慈母淚，城頭變幻大王旗。
忍看朋輩成新鬼，怒向刀叢覓小詩。
吟罷低眉無寫處，月光如水照緇衣。

但末二句，後來不確了，我終於將這寫給了一個日本的歌人。

可是在中國，那時是確無寫處的，禁錮得比罐頭還嚴密。我記得柔石在年底曾回故鄉，住了好些時，到上海後很

受朋友的責備。他悲憤的對我說，他的母親雙眼已經失明了，要他多住幾天，他怎麼能夠就走呢？我知道這失明的母親的眷眷的心，柔石的拳拳的心。當《北斗》創刊時，我就想寫一點關於柔石的文章，然而不能夠，只得選了一幅珂勒惠支（Kthe Kollwitz）夫人的木刻，名曰《犧牲》，是一個母親悲哀地獻出她的兒子去的，算是只有我一個人心裏知道的柔石的紀念。

同時被難的四個青年文學家之中，李偉森我沒有會見過，胡也頻在上海也只見過一次面，談了幾句天。較熟的要算白莽，即殷夫了，他曾經和我通過信，投過稿，但現在尋起來，一無所得，想必是十七那夜統統燒掉了，那時我還沒有知道被捕的也有白莽。然而那本《彼得斐詩集》卻在的，翻了一遍，也沒有什麼，只在一首《Wahlspruch》（格言）的旁邊，有鋼筆寫的四行譯文道：

「生命誠寶貴，

愛情價更高；
若為自由故，
二者皆可拋！」

又在第二頁上，寫著「徐培根」三個字，我疑心這是他的真姓名。

五

前年的今日，我避在客棧裏，他們卻是走向刑場了；去年的今日，我在炮聲中逃在英租界，他們則早已埋在不知那裏的地下了；今年的今日，我才坐在舊寓裏，人們都睡覺了，連我的女人和孩子。我又沉重的感到我失掉了很好的朋友，中國失掉了很好的青年，我在悲憤中沉靜下去了，不料積習又從沉靜中抬起頭來，寫下了以上那些字。

要寫下去，在中國的現在，還是沒有寫處的。年青時讀

向子期《思舊賦》，很怪他為什麼只有寥寥的幾行，剛開頭卻又煞了尾。然而，現在我懂得了。

不是年青的為年老的寫紀念，而在這三十年中，卻使我目睹許多青年的血，層層淤積起來，將我埋得不能呼吸，我只能用這樣的筆墨，寫幾句文章，算是從泥土中挖一個小孔，自己延口殘喘，這是怎樣的世界呢。夜正長，路也正長，我不如忘卻，不說的好罷。但我知道，即使不是我，將來總會有記起他們，再說他們的時候的。……

二月七──八日

名家‧解讀

作者以強烈的無產階級感情，熱情的歌頌了為革命而犧牲的烈士，憤怒地揭露和控訴了國民黨反動派的罪行，啟示

人們認清歷史發展的趨勢，同敵人進行堅決的鬥爭。我們要學習魯迅敢於鬥爭的革命精神，他面臨十分險惡環境，敢於衝破反動派密佈的「文網」，懷念烈士，揭露敵人，預示光明的未來，這種堅忍不拔的革命精神，將永遠激勵我們。

這篇文章運用了記述、議論與抒情相結合的藝術手法。以記敘為主，在記敘中有議論，在記敘議論中，又夾有抒情……文章還採取了排比和重複的句式，來表達作者深深的感情。如「人們都睡覺了，……我沉重的感到我失掉了很好的朋友，中國失掉了很好的青年」一段話先後出現兩次，時間不同，感情為一。結尾用「前年的今日……去年的今日……今年的今日」的排比句式，表現了作者懷念戰友的深情，增強了文章的感染力……

——高占春《魯迅作品講解》

憶劉半農君

這是小峰出給我的一個題目。

這題目並不出得過分。半農去世，我是應該哀悼的，因為他也是我的老朋友。但是，這是十來年前的話了，現在呢，可難說得很。

我已經忘記了怎麼和他初次會面，以及他怎麼能到了北京。他到北京，恐怕是在《新青年》投稿之後，由蔡孑民先生或陳獨秀先生去請來的，到了之後，當然更是《新青年》裏的一個戰士。他活潑，勇敢，很打了幾次大仗。譬如罷，答王敬軒的雙信，「她」字和「牠」字的創造，就都是的。

這兩件，現在看起來，自然是瑣屑得很，但那是十多年前，單是提倡新式標點，就會有一大群人「若喪考妣」，恨不得「食肉寢皮」的時候，所以的確是「大仗」。

現在的二十左右的青年，大約很少有人知道三十年前，單是剪下辮子就會坐牢或殺頭的了。然而這曾經是事實。

但半農的活潑，有時頗近於草率，勇敢也有失之無謀的地方。但是，要商量襲擊敵人的時候，他還是好夥伴，進行之際，心口並不相應，或者暗暗的給你一刀，他是決不會的。倘若失了算，那是因為沒有算好的緣故。

《新青年》每出一期，就開一次編輯會，商定下一期的稿件。其時最惹我注意的是陳獨秀和胡適之。假如將韜略比作一間倉庫罷，獨秀先生的是外面豎一面大旗，大書道：「內皆武器，來者小心！」但那門卻開著的，裏面有幾枝槍，幾把刀，一目了然，用不著提防。

適之先生的是緊緊的關著門，門上粘一條小紙條道：

「內無武器，請勿疑慮。」這自然可以是真的，但有些人——至少是我這樣的人——有時總不免要側著頭想一想。半農卻是令人不覺其有「武庫」的一個人，所以我佩服陳胡，卻親近半農。

所謂親近，不過是多談閑天，一多談，就露出了缺點。幾乎有一年多，他沒有消失掉從上海帶來的才子必有「紅袖添香夜讀書」的豔福的思想，好容易才給我們罵掉了。但他好像到處都這麼的亂說，使有些「學者」皺眉。有時候，連到《新青年》投稿都被排斥。他很勇於寫稿，但試去看舊報去，很有幾期是沒有他的。那些人們批評他的為人，是：淺。

不錯，半農確是淺。但他的淺，卻如一條清溪，澄澈見底，縱有多少沉渣和腐草，也不掩其大體的清。倘使裝的是爛泥，一時就看不出它的深淺來了；如果是爛泥的深淵呢，那就更不如淺一點的好。

憶劉半農君

但這些背後的批評，大約是很傷了半農的心的，他的到法國留學，我疑心大半就為此。我最懶於通信，從此我們就疏遠起來了。他回來時，我才知道他在外國鈔古書，後來也要標點《何典》，我那時還以老朋友自居，在序文上說了幾句老實話，事後，才知道半農頗不高興了，「駟不及舌」，也沒有法子。另外還有一回關於《語絲》的彼此心照的不快活。五六年前，曾在上海的宴會上見過一回面，那時候，我們幾乎已經無話可談了。

近幾年，半農漸漸的據了要津，我也漸漸的更將他忘卻；但從報章上看見他禁稱「蜜斯」之類，卻很起了反感：我以為這些事情是不必半農來做的。從去年來，又看見他不斷的做打油詩，弄爛古文，回想先前的交情，也往往不免長歎。我想，假如見面，而我還以老朋友自居，不給一個「今天天氣……哈哈哈」完事，那就也許會弄到衝突的罷。

不過，半農的忠厚，是還使我感動的。我前年曾到北

平，後來有人通知我，半農是要來看我的，有誰恐嚇了他一下，不敢來了。這使我很慚愧，因為我到北平後，實在未曾有過訪問半農的心思。

現在他死去了，我對於他的感情，和他生時也並無變化。我愛十年前的半農，而憎惡他的近幾年。這憎惡是朋友的憎惡，因為我希望他常是十年前的半農，他的為戰士，即使「淺」罷，卻於中國更為有益。我願以憤火照出他的戰績，免使一群陷沙鬼將他先前的光榮和死屍一同拖入爛泥的深淵。

八月一日

名家．解讀

初看起來，這是一篇應酬之作，好像作者應人之約，不

好推辭，勉力為之似的。但讀罷全篇，我們得到一個突出的印象，就是內容充實，評論中肯——這是回憶文字的最平穩狀態，不動聲色，魯迅最為擅長。

言之有物是一切文章的最起碼也是最高的要求，寫一個人要寫出他的真實面目。關於劉半農，魯迅有資格出來說話，也有話可說。作者實事求是地寫這位戰友的性格，也寫他們之間的矛盾。劉半農去世，必然有「五四」時代的許多戰友為文悼念，自然其中不乏誇張的鼓吹捧場。魯迅充分肯定了他的功績，而且稱讚他的人品，用生動的比喻和比較法，將陳獨秀的豪放、胡適之的謹慎與半農的清純相比，說半農使人親近。的確，半農是有些淺，但那是如一條清溪，澄澈見底的淺。但因為這，有很多人看不起他。

魯迅有沒有看不起他呢？文中可是沒有說。魯迅不會譏笑他的「淺」，但曾不滿於他的一些古怪浪漫的念頭，如幻想「紅袖添香夜讀書」、標點古書以及過於愛面子（給《語

絲》投稿事）。特別是晚年，當了教育官員，做了一些事使魯迅反感。而且他還不斷做打油詩、弄古文，頗有遺老傾向。

魯迅把他的一生分為前後兩期，前期可以說是朋友，後期就很難說。因為自從魯迅離京南下後，兩人就此隔膜，在上海曾經謀面，但竟無話可說。魯迅回北平省親時，劉半農本來要探訪他的，聽了人言，又給嚇回去了。他怕話不投機，怕必然會有冷淡場面。老朋友想見他而卻步，這使魯迅很抱愧。

——黃喬生《走進魯迅世界》

阿金

近幾時我最討厭阿金。

她是一個女僕，上海叫娘姨，外國人叫阿媽，她的主人也正是外國人。

她有許多女朋友，天一晚，就陸續到她窗下來，「阿金，阿金！」的大聲的叫，這樣的一直到半夜。她又好像頗有幾個姘頭；她曾在後門口宣佈她的主張：弗軋姘頭，到上海來做啥呢？……

不過這和我不相干。不幸的是她的主人家的後門，斜對著我的前門，所以「阿金，阿金！」的叫起來，我總受些

影響，有時是文章做不下去了，有時竟會在稿子上寫一個「金」字。更不幸的是我的進出，必須從她家的曬臺下走過，而她大約是不喜歡走樓梯的，竹竿，木板，還有別的什麼，常常從曬臺上直摔下來，使我走過的時候，必須十分小心，先看一看這位阿金可在曬臺上面，倘在，就得繞遠些。自然，這是大半為了我的膽子小，看得自己的性命太值錢；但我們也得想一想她的主子是外國人，被打得頭破血出，固然不成問題，即使死了，開同鄉會，打電報也都沒有用的，——況且我想，我也未必能夠弄到開起同鄉會。

半夜以後，是別一種世界，還剩著白天脾氣是不行的。有一夜，已經三點半鐘了，我在譯一篇東西，還沒有睡覺。忽然聽得路上有人低聲的在叫誰，雖然聽不清楚，卻並不是叫阿金，當然也不是叫我。我想：這麼遲了，還有誰來叫誰呢？同時也站起來，推開樓窗去看去了，卻看見一個男人，望著阿金的繡閣的窗，站著。

他沒有看見我。我自悔我的莽撞，正想關窗退回的時候，斜對面的小窗開處，已經現出阿金的上半身來，並且立刻看見了我，向那男人說了一句不知道什麼話，用手向我一指，又一揮，那男人便開大步跑掉了。我很不舒服，好像是自己做了甚麼錯事似的，書譯不下去了，心裏想：以後總要少管閒事，要煉到泰山崩於前而色不變，炸彈落於側而身不移！……

但在阿金，卻似乎毫不受什麼影響，因為她仍然嘻嘻哈哈。不過這是晚快邊才得到的結論，所以我真是負疚了小半夜和一整天。這時我很感激阿金的大度，但同時又討厭了她的大聲會議，嘻嘻哈哈了。自有阿金以來，四圍的空氣也變得擾動了，她就有這麼大的力量。這種擾動，我的警告是毫無效驗的，她們連看也不對我看一看。

有一回，鄰近的洋人說了幾句洋話，她們也不理；但那洋人就奔出來了，用腳向各人亂踢，她們這才逃散，會議也

收了場。這踢的效力，大約保存了五六夜。此後是照常的嚷嚷；而且擾動又廓張了開去，阿金和馬路對面一家煙紙店裏的老女人開始奮鬥了，還有男人相幫。她的聲音原是響亮的，這回就更加響亮，我覺得一定可以使二十間門面以外的人們聽見。不一會，就聚集了一大批人。論戰的將近結束的時候當然要提到「偷漢」之類，那老女人的話我沒有聽清楚，阿金的答覆是：

「你這老×沒有人要！我可有人要呀！」

這恐怕是實情，看客似乎大抵對她表同情，「沒有人要」的老×戰敗了。這時踱來了一位洋巡捕，反背著兩手，看了一會，就來把看客們趕開；阿金趕緊迎上去，對他講了一連串的洋話。

洋巡捕注意的聽完之後，微笑的說道：

「我看你也不弱呀！」

他並不去捉老×，又反背著手，慢慢的踱過去了。這

一場巷戰就算這樣的結束。但是，人間世的糾紛又並不能解決得這麼乾脆，那老×大約是也有一點勢力的。第二天早晨，那離阿金家不遠的也是外國人家的西崽忽然向阿金家逃來。後面追著三個彪形大漢。西崽的小衫已被撕破，大約他被他們誘出外面，又給人堵住後門，退不回去，所以只好逃到他愛人這裏來了。愛人的肘腋之下，原是可以安身立命的，伊孛生（H.Ibsen）戲劇裏的彼爾・干德，就是失敗之後，終於躲在愛人的裙邊，聽唱催眠歌的大人物。

但我看阿金似乎比不上瑙威女子，她無情，也沒有魄力。獨有感覺是靈的，那男人剛要跑到的時候，她已經趕緊把後門關上了。那男人於是進了絕路，只得站住。這好像也頗出於彪形大漢們的意料之外，顯得有些躊躕；但終於一同舉起拳頭，兩個是在他背脊和胸脯上一共給了三拳，彷彿也並不怎麼重，一個在他臉上打了一拳，卻使它立刻紅起來。

這一場巷戰很神速，又在早晨，所以觀戰者也不多，勝

敗兩軍，各自走散，世界又從此暫時和平了。然而我仍然不放心，因為我曾經聽人說過：所謂「和平」，不過是兩次戰爭之間的時日。

但是，過了幾天，阿金就不再看見了，我猜想是被她自己的主人所回復。補了她的缺的是一個胖胖的，臉上很有些福相和雅氣的娘姨，已經二十多天，還很安靜，只叫了賣唱的兩個窮人唱過一回「奇葛隆冬強」的《十八摸》之類，那是她用「自食其力」的餘閒，享點清福，誰也沒有話說的。只可惜那時又招集了一群男男女女，連阿金的愛人也在內，保不定什麼時候又會發生巷戰。但我卻也叨光聽到了男嗓子的上低音（barytone）的歌聲，覺得很自然，比絞死貓兒似的《毛毛雨》要好得天差地遠。

阿金的相貌是極其平凡的。所謂平凡，就是很普通，很難記住，不到一個月，我就說不出她究竟是怎麼一副模樣來了。但是我還討厭她，想到「阿金」這兩個字就討厭；在鄰

近鬧嚷一下當然不會成這麼深仇重怨，我的討厭她是因為不消幾日，她就搖動了我三十年來的信念和主張。

我一向不相信昭君出塞會安漢，木蘭從軍就可以保隋；也不信妲己亡殷，西施沼吳，楊妃亂唐的那些古老話。我以為在男權社會裏，女人是決不會有這種大力量的，興亡的責任，都應該男的負。但向來的男性的作者，大抵將敗亡的大罪，推在女性身上，這真是一錢不值的沒有出息的男人。

殊不料現在阿金卻以一個貌不出眾，才不驚人的娘姨，不用一個月，就在我眼前攪亂了四分之一裏，假使她是一個女王，或者是皇后，皇太后，那麼，其影響也就可以推見了：足夠鬧出大大的亂子來。昔者孔子「五十而知天命」，我卻為了區區一個阿金，連對於人事也從新疑惑起來了，雖然聖人和凡人不能相比，但也可見阿金的偉力，和我的滿不行。我不想將我的文章的退步，歸罪於阿金的嚷嚷，而且以上的一通議論，也很近於遷怒，但是，近幾時我最討厭阿

金，彷彿她塞住了我的一條路，卻是的確的。

願阿金也不能算是中國女性的標本。

十二月二十一日

名家·解讀

本文作於一九三四年12月21日，最初寄給《漫畫生活》，國民黨檢查官不准發表。後來發表於一九三六年2月《海燕》月刊第二期。

文章描寫給外國女人當姨娘的女人阿金，倚仗主子的勢力，狐假虎威，惹是生非，氣焰囂張，在巷弄裏引起種種「擾亂」。這個醜惡的婦人形象，實際上影射了國民黨對外投降，對內內戰，諷刺了奴才文人的可恥行徑。文章還批駁了歷史上將敗亡罪責推到女性身上的錯誤觀點。

關於太言先生二三事

前一些時，上海的官紳為太炎先生開追悼會，赴會者不滿百人，遂在寂寞中閉幕，於是有人慨歎，以為青年們對於本國的學者，竟不如對於外國的高爾基的熱誠。這慨歎其實是不得當的。官紳集會，一向為小民所不敢到；況且高爾基是戰鬥的作家，太炎先生雖先前也以革命家現身，後來卻退居於寧靜的學者，用自己所手造的和別人所幫造的牆，和時代隔絕了。紀念者自然有人，但也許將為大多數所忘卻。

我以為先生的業績，留在革命史上的，實在比在學術史上還要大。回憶三十餘年之前，木板的《書》已經出版了，

我讀不斷，當然也看不懂，恐怕那時的青年，這樣的多得很。我的知道中國有太炎先生，並非因為他的經學和小學，是為了他駁斥康有為和作鄒容的《革命軍》序，竟被監禁於上海的西牢。那時留學日本的浙籍學生，正辦雜誌《浙江潮》，其中即載有先生獄中所作詩，卻並不難懂。這使我感動，也至今並沒有忘記，現在抄兩首在下面——

獄中贈鄒容

鄒容吾小弟，被發下瀛洲。
快剪刀除辮，乾牛肉作餱。
英雄一入獄，天地亦悲秋。
臨命須摻手，乾坤只兩頭。

獄中聞沈禹希見殺

不見沈生久，江湖知隱淪，

> 蕭蕭悲壯士，今在易京門。
> 螭魅羞爭焰，文章總斷魂。
> 中陰當待我，南北幾新墳。

一九〇六年六月出獄，即日東渡，到了東京，不久就主持《民報》。我愛看這《民報》，但並非為了先生的文筆古奧，索解為難，或說佛法，談「俱分進化」，是為了他和主張保皇的梁啟超鬥爭，和「××」的×××鬥爭，和「以《紅樓夢》為成佛之要道」的×××鬥爭，真是所向披靡，令人神旺。前去聽講也在這時候，但又並非因為他是學者，卻為了他是有學問的革命家，所以直到現在，先生的音容笑貌，還在目前，而所講的《說文解字》，卻一句也不記得了。

民國元年革命後，先生的所志已達，該可以大有作為了，然而還是不得志。這也是和高爾基的生受崇敬，死備哀榮，截然兩樣的。我以為兩人遭遇的所以不同，其原因乃在

高爾基先前的理想，後來都成為事實，他的一身，就是大眾的一體，喜怒哀樂，無不相通；而先生則排滿之志雖伸，但視為最緊要的「第一是用宗教發起信心，增進國民的道德；第二是用國粹激動種性，增進愛國的熱腸」（見《民報》第六本），卻僅止於高妙的幻想；不久而袁世凱又攘奪國柄，以遂私圖，就更使先生失卻實地，僅垂空文，至於今，惟我們的「中華民國」之稱，尚係發源於先生的《中華民國解》（最先亦見《民報》），為巨大的紀念而已，然而知道這一重公案者，恐怕也已經不多了。既離民眾，漸入頹唐，後來的參與投壺，接收饋贈，遂每為論者所不滿，但這也不過白圭之玷，並非晚節不終。考其生平，以大勳章作扇墜，臨總統府之門，大詬袁世凱的包藏禍心者，並世無第二人；七被追捕，三入牢獄，而革命之志，終不屈撓者，並世亦無第二人：這才是先哲的精神，後生的楷範。近有文儈，勾結小報，竟也作文奚落先生以自鳴得意，真可謂「小人不欲成人之美」，而且「蚍蜉撼大樹，可笑不自量」了！

但革命之後，先生亦漸為昭示後世計，自藏其鋒。浙江所刻的《章氏叢書》，是出於手定的，大約以為駁難攻訐，至於忿詈，有違古之儒風，足以貽譏多士的罷，先前的見於期刊的鬥爭的文章，竟多被刊落，上文所引的詩兩首，亦不見於《詩錄》中。一九三三年刻《章氏叢書續編》於北平，所收不多，而更純謹，且不取舊作，當然也無鬥爭之作，先生遂身衣學術的華衮，粹然成為儒宗，執贄願為弟子者綦眾，至於倉皇制《同門錄》成冊。近閱日報，有保護版權的廣告，有三續叢書的記事，可見又將有遺著出版了，但補入先前戰鬥的文章與否，卻無從知道。戰鬥的文章，乃是先生一生中最大，最久的業績，假使未備，我以為是應該一一輯錄，校印，使先生和後生相印，活在戰鬥者的心中的。然而此時此際，恐怕也未必能如所望罷，嗚呼！

十月九日

名家．解讀

章太炎是魯迅的老師，他們師生的精神相契合。剛強，不馴，硬骨頭，不苟且，敢想敢說敢做，無所畏懼，為真理奮不顧身，百折不撓。章太炎的到總統府大罵袁世凱，多次入獄，成為民國的開國元勳，人格高尚偉大。流傳久遠的另一件事是，《蘇報》案發，蔡元培等勸他趕快逃走，他堅留不去，說：「革命沒有不流血的，我被清政府查拿，現在已經第七次了。」一直等到警探到面前，他指著自己說：「別人都走了，要抓章炳麟，就是我。」魯迅雖然很少與反動政府發生正面衝突，但以文字譏刺當局，也常遭通緝。也有一次他的戰友被暗殺，他去參加追悼會不帶鑰匙，以示不怕殺戮的大無畏精神。

有了這種精神，一個人就能自立於複雜多變的人世，雖然有時出現些偏差也不會太遠。也正是因為有這一點，魯迅

評價章太炎的一生，就採取了取其主流，略其小節的態度，對他的革命業績讚賞備至，說了幾次「並世無第二人」。魯迅論人如此，交友如此，我們評價人物包括魯迅在內，也應採取這樣的態度。

魯迅寫這篇文章以及另一篇《因太炎先生而想起的二三事》，想起自己的青年時代，那令人神往的學習、研究、參加革命鬥爭的日子。懷念太炎先生，他不能不想到自己。最重要的感想是，一個人在晚年意志不能衰退。的確，魯迅雖早已離開師門，但還從老師那裏學到人生的經驗。正是這種不斷學習的作風，和堅持真理、維護正義的精神，成就了他的偉大人格。我們因此也明白了為什麼在這篇文章中他一再稱許的是章太炎的革命業績。

——黃喬生《走進魯迅世界》

因太炎先生而想起的二三事

寫完題目，就有些躊躕，怕空話多於本文，就是俗語之所謂「雷聲大，雨點小」。

做了《關於太炎先生二三事》以後，好像還可以寫一點閑文，但已經沒有力氣，只得停止了。第二天一覺醒來，日報已到，拉過來一看，不覺自己摩一下頭頂，驚歎道：「二十五周年的雙十節！原來中華民國，已過了一世紀的四分之一了，豈不快哉！」但這「快」是迅速的意思。後來亂翻增刊，偶看見新作家的憎惡老人的文章，便如兜頂澆半瓢冷水。自己心裏想：老人這東西，恐怕也真為青年所不耐

的。例如我罷，性情即日見乖張，二十五年而已，卻偏喜歡說一世紀的四分之一，以形容其多，真不知忙著什麼；而且這麼一下頭頂的手勢，也實在可以說是太落伍了。

這手勢，每當驚喜或感動的時候，我也已經用了一世紀的四分之一，猶言「辮子究竟剪去了」，原是勝利的表示。這種心情，和現在的青年也是不能相通的。假使都會上有一個拖著辮子的人，三十左右的壯年和二十上下的青年，看見了恐怕只以為珍奇，或者竟覺得有趣，但我卻仍然要憎恨，憤怒，因為自己是曾經因此吃苦的人，以剪辮為一大公案的緣故。我的愛護中華民國，焦唇敝舌，恐其衰微，大半正為了使我們得有剪辮的自由，假使當初為了保存古跡，留辮不剪，我大約是決不會這樣愛它的。張勳來也好，段祺瑞來也好，我真自愧遠不及有些士君子的大度。

當我還是孩子時，那時的老人指教我說：剃頭擔上的旗竿，三百年前是掛頭的。滿人入關，下令拖辮，剃頭人沿路

拉人剃髮，誰敢抗拒，便砍下頭來掛在旗竿上，再去拉別的人。那時的剃髮，先用水擦，再用刀刮，確是氣悶的，但掛頭故事卻並不引起我的驚懼，因為即使我不高興剃髮，剃頭人不但不來砍下我的腦袋，還從旗竿斗裏摸出糖來，說剃完就可以吃，已經換了懷柔方略了。

見慣者不怪，對辮子也不覺其醜，何況花樣繁多，以姿態論，則辮子有鬆打，有緊打，辮線有三股，有散線，周圍有看髮（即今之「劉海」），看髮有長短，長看髮又可打成兩條細辮子，環於頂搭之周圍，顧影自憐，為美男子；以作用論，則打架時可拔，犯奸時可剪，做戲的可掛於鐵竿，為父的可鞭其子女，變把戲的將頭搖動，能飛舞如龍蛇，昨在路上，看見巡捕拿人，一手一個，以一捕二，倘在辛亥革命前，則一把辮子，至少十多個，為治民計，也極方便的。不幸的是所謂「海禁大開」，士人漸讀洋書，因知比較，縱使不被洋人稱為「豬尾」，而既不全剃，又不全留，剃掉一

圈，留下一撮，打成尖辮，如慈菇芽，也未免自己覺得毫無道理，大可不必了。

我想，這是縱使生於民國的青年，一定也都知道的。清光緒中，曾有康有為者變過法，不成，作為反動，是義和團起事，而八國聯軍遂入京，這年代很容易記，是恰在一千九百年，十九世紀的結末。於是滿清官民，又要維新了，維新有老譜，照例是派官出洋去考察，和派學生出洋去留學。

我便是那時被兩江總督派赴日本的人們之中的一個，自然，排滿的學說和辮子的罪狀和文字獄的大略，是早經知道了一些的，而最初在實際上感到不便的，卻是那辮子。

凡留學生一到日本，急於尋求的大抵是新知識。除學習日文，準備進專門的學校之外，就赴會館，跑書店，往集會，聽講演。我第一次所經歷的是在一個忘了名目的會場上，看見一位頭包白紗布，用無錫腔講演排滿的英勇的青

年，不覺肅然起敬。但聽下去，到得他說「我在這裏罵老太婆，老太婆一定也在那裏罵吳稚暉」，聽講者一陣大笑的時候，就感到沒趣，覺得留學生好像也不外乎嬉皮笑臉。「老太婆」者，指清朝的西太后。吳稚暉在東京開會罵西太后，是眼前的事實無疑，但要說這時西太后也正在北京開會罵吳稚暉，我可不相信。講演固然不妨夾著笑罵，但無聊的打諢，是非徒無益，而且有害的。不過吳先生這時卻正在和公使蔡鈞大戰，名馳學界，白紗布下面，就藏著名譽的傷痕。不久，就被遞解回國，路經皇城外的河邊時，他跳了下去，但立刻又被撈起，押送回去了。這就是後來太炎先生和他筆戰時，文中之所謂「不投大壑而投陽溝，面目上露」。其實是日本的御溝並不狹小，但當警官護送之際，卻即使並未「面目上露」，也一定要被撈起的。

這筆戰愈來愈凶，終至夾著毒詈，今年吳先生譏刺太炎先生受國民政府優遇時，還提起這件事，這是三十餘年前的

舊賬，至今不忘，可見怨毒之深了。但先生手定的《章氏叢書》內，卻都不收錄這些攻戰的文章。先生力排清虜，而服膺於幾個清儒，殆將希蹤古賢，故不欲以此等文字自穢其著述——但由我看來，其實是吃虧，上當的，此種醇風，正使物能遁形，貽患千古。

剪掉辮子，也是當時一大事。太炎先生去髮時，作《解辮髮》，有云——

「……共和二千七百四十一年，秋七月，餘年三十三矣。是時滿洲政府不道，戕虐朝士，橫挑強鄰，戮使略賈，四維交攻。憤東胡之無狀，漢族之不得職，隕涕涔涔曰，餘年已立，而猶被戎狄之服，不違咫尺，弗能剪除，餘之罪也。將薦紳束髮，以復近古，日既不給，衣又不可得。於是曰，昔祁班孫，釋隱玄，皆以明氏遺老，斷髮以歿。《春秋谷梁傳》曰：『吴祝髮』，《漢書》《嚴助

傳》曰：『越髮』，（晉灼曰：『劗，張揖以為古剪字也』）余故吳越間民，去之亦猶行古之道也。……」

文見於木刻初版和排印再版的《訄書》中，後經更定，改名《檢論》時，也被刪掉了。我的剪辮，卻並非因為我是越人，越在古昔，「斷髮紋身」，今特效之，以見先民儀矩，也毫不含有革命性，歸根結蒂，只為了不便：一不便於脫帽，二不便於體操，三盤在囟門上，令人很氣悶。在事實上，無辮之徒，回國以後，默然留長，化為不二之臣者也多得很。而黃克強在東京作師範學生時，就始終沒有斷髮，也未嘗大叫革命，所略顯其楚人的反抗的蠻性者，惟因日本學監，誡學生不可赤膊，他卻偏光著上身，手挾洋磁臉盆，從浴室經過大院子，搖搖擺擺的走入自修室去而已。

名家．解讀

如果說《關於太炎先生的二三事》是「實寫」的話，那麼本文即《因太炎先生而想起的二三事》則可稱為「虛寫」了。兩篇文章角度不同，卻又都是名實相符。

文章從「不覺自己摩一下頭頂」開篇，順著頭髮一路寫起，將主要的篇幅都用來寫「辮子」了。作者首先明確表示「我的愛護中華民國，焦唇敝舌，恐其衰微，大半正是為了使我們得有剪辮的自由」，否則，「我大約是決不會這樣愛它的。」接著回溯歷史，寫了「滿人入關，下令拖辮」後的情景，「國人」對辮子「見慣者不怪，對辮子也不覺其醜」了，還不厭其詳地寫了辮子的「花樣繁多」。到了清朝末年，「又要維新了」，矛盾的焦點仍然「卻是那辮子」。行文到此，作者突然將筆鋒一轉，以「我」在日本的一次親歷，嘲弄了吳稚暉的「頭包白紗布」，在講演時卻「無聊的

打諢」，「嬉皮笑臉」，並從而引出了章太炎先生和他的一場「筆戰」。最後作者說「在事實上，無辮之徒，回國以後，黯然留長，化為不二之臣者也多得很」。從而說明當年「斷髮」者也並不一定就是革命到底的人。作者還以黃克強為例，他雖然「始終沒有斷髮，也未嘗大叫革命」，卻是真正的「顯其楚人的反抗的蠻性」的。

作者在近乎閒談似的對辮子的歷史娓娓道來時，隱含著對民族性格的挖掘和批判，也表達了凡事不能絕對化、單一化的理性思考，更為重要的是由辮子而寫到吳稚暉，又由吳稚暉而寫到章太炎，從而進入文章主旨。草蛇灰線，自然天成，毫無斧鑿之痕跡。寫章太炎的文字相對很少，主要寫了兩件事，其一是章太炎對吳稚暉當年的「攻戰」文章，在他手定的《章氏叢書》中卻不見收錄。而且，雖然「先生力排清虜」，革命豪氣干雲，卻不料後來竟「服膺於幾個清儒，殆將希蹤古賢」了。前後簡直判若雲泥。另一件事是「太炎

先生去髮時，作《解辮髮》」，革命的態度是何等堅決，文章又是多麼動人心魄，然而後來重版收有該文的著作《檢論》時，卻「也被刪掉」了。作者在文章中沒有對章太炎先生的行為過多指責，而是以很少的篇幅一筆帶過，顯得不露鋒芒，含蓄蘊藉。魯迅先生感念老師對自己的教導，而且章太炎先生一生的革命業績也是彪炳青史的，因而存大者而略小節，然而「略」又決不是諱飾。知人論世，我們應取這種態度。

——高粱紅《讀〈因太炎先生而想起的二三事〉》

我的第一個師傅

不記得是那一部舊書上看來的了，大意說是有一位道學先生，自然是名人，一生拚命辟佛，卻名自己的小兒子為「和尚」。有一天，有人拿這件事來質問他。他回答道：「這正是表示輕賤呀！」那人無話可說而退云。

其實，這位道學先生是詭辯。名孩子為「和尚」，其中是含有迷信的。中國有許多妖魔鬼怪，專喜歡殺害有出息的人，尤其是孩子；要下賤，他們才放手，安心。和尚這一種人，從和尚的立場看來，會成佛——但也不一定，——固然高超得很，而從讀書人的立場一看，他們無家無室，不會做

官，卻是下賤之流。讀書人意中的鬼怪，那意見當然和讀書人相同，所以也就不來攪擾了。這和名孩子為阿貓阿狗，完全是一樣的意思：容易養大。

還有一個避鬼的法子，是拜和尚為師，也就是捨給寺院了的意思，然而並不放在寺院裏。我生在周氏是長男，「物以稀為貴」，父親怕我有出息，因此養不大，不到一歲，便領到長慶寺裏去，拜了一個和尚為師了。拜師是否要贄見禮，或者佈施什麼的呢，我完全不知道。只知道我卻由此得到一個法名叫作「長庚」，後來我也偶爾用作筆名，並且在《在酒樓上》這篇小說裏，贈給了恐嚇自己的侄女的無賴；還有一件百家衣，就是「衲衣」，論理，是應該用各種破布拼成的，但我的卻是橄欖形的各色小綢片所縫就，非喜慶大事不給穿；還有一條稱為「牛繩」的東西，上掛零星小件，如曆本，鏡子，銀篩之類，據說是可以避邪的。

這種佈置，好像也真有些力量：我至今沒有死。

不過，現在法名還在，那兩件法寶卻早已失去了。前幾年回北平去，母親還給了我嬰兒時代的銀篩，是那時的惟一的紀念。仔細一看，原來那篩子圓徑不過寸餘，中央一個太極圖，上面一本書，下面一卷畫，左右綴著極小的尺，剪刀，算盤，天平之類。我於是恍然大悟，中國的邪鬼，是怕斬釘截鐵，不能含糊的東西的。因為探究和好奇，去年曾經去問上海的銀樓，終於買了兩面來，和我的幾乎一式一樣，不過綴著的小東西有些增減。奇怪得很，半世紀有餘了，邪鬼還是這樣的性情，避邪還是這樣的法寶。然而我又想，這法寶成人卻用不得，反而非常危險的。

但因此又使我記起了半世紀以前的最初的先生。我至今不知道他的法名，無論誰，都稱他為「龍師父」，瘦長的身子，瘦長的臉，高顴細眼，和尚是不應該留鬚的，他卻有兩綹下垂的小鬍子。對人很和氣，對我也很和氣，不教我念一句經，也不教我一點佛門規矩；他自己呢，穿起袈裟來做大

和尚，或者戴上毗盧帽放焰口，「無祀孤魂，來受甘露味」的時候，是莊嚴透頂的，平常可也不念經，因為是住持，只管著寺裏的瑣屑事，其實——自然是由我看起來——他不過是一個剃光了頭髮的俗人。

因此我又有一位師母，就是他的老婆。論理，和尚是不應該有老婆的，然而他有。我家的正屋的中央，供著一塊牌位，用金字寫著必須絕對尊敬和服從的五位：「天地君親師」。我是徒弟，他是師，決不能抗議，而在那時，也決不想到抗議，不過覺得似乎有點古怪。但我是很愛我的師母的，在我的記憶上，見面的時候，她已經大約有四十歲了，是一位胖胖的師母，穿著玄色紗衫褲，在自己家裏的院子裏納涼，她的孩子們就來和我玩耍。有時還有水果和點心吃，——自然，這也是我所以愛她的一個大原因；用高潔的陳源教授的話來說，便是所謂「有奶便是娘」，在人格上是很不足道的。

不過我的師母在戀愛故事上，卻有些不平常。「戀愛」，這是現在的術語，那時我們這偏僻之區只叫作「相好」。《詩經》云：「式相好矣，毋相尤矣」，起源是算得很古，離文武周公的時候不怎麼久就有了的，然而後來好像並不算十分冠冕堂皇的好話。這且不管它罷。總之，聽說龍師父年青時，是一個很漂亮而能幹的和尚，交際很廣，認識各種人。有一天，鄉下做社戲了，他和戲子相識，便上臺替他們去敲鑼，精光的頭皮，簇新的海青，真是風頭十足。鄉下人大抵有些頑固，以為和尚是只應該念經拜懺的，台下有人罵了起來。師父不甘示弱，也給他們一個回罵。於是戰爭開幕，甘蔗梢頭雨點似的飛上來，有些勇士，還有進攻之勢，「彼眾我寡」，他只好退走，一面退，一面一定追，逼得他又只好慌張的躲進一家人家去。而這人家，又只有一位年青的寡婦。以後的故事，我也不甚了然了，總而言之，她後來就是我的師母。

我的第一個師傅

自從《宇宙風》出世以來，一向沒有拜讀的機緣，近幾天才看見了「春季特大號」。其中有一篇銖堂先生的《不以成敗論英雄》，使我覺得很有趣，他以為中國人的「不以成敗論英雄」，「理想是不能不算崇高」的，「然而在人群的組織上實在要不得。抑強扶弱，便是永遠不願意有強。崇拜失敗英雄，便是不承認成功的英雄」。「近人有一句流行話，說中國民族富於同化力，所以遼金元清都並不曾征服中國。其實無非是一種惰性，對於新制度不容易接收罷了。」我們怎樣來改悔這「惰性」呢，現在姑且不談，而且正在替我們想法的人們也多得很。我只要說那位寡婦之所以變了我的師母，其弊病也就在「不以成敗論英雄」。鄉下沒有活的岳飛或文天祥，所以一個漂亮的和尚在如雨而下的甘蔗梢頭中，從戲臺逃下，也就是一個貨真價實的失敗的英雄。她不免發現了祖傳的「惰性」，崇拜起來，對於追兵，也像我們的祖先的對於遼金元清的大軍似的，「不承認成功的英雄」

了。在歷史上，這結果是正如銖堂先生所說：「乃是中國的社會不樹威是難得帖服的」，所以活該有「揚州十日」和「嘉定三屠」。但那時的鄉下人，卻好像並沒有「樹威」，走散了，自然，也許是他們料不到躲在家裏。

因此我有了三個師兄，兩個師弟。大師兄是窮人的孩子，捨在寺裏，或是賣在寺裏的；其餘的四個，都是師父的兒子，大和尚的兒子做小和尚，我那時倒並不覺得怎麼稀奇。大師兄只有單身；二師兄也有家小，但他對我守著秘密，這一點，就可見他的道行遠不及我的師父，他的父親了。而且年齡都和我相差太遠，我們幾乎沒有交往。

三師兄比我恐怕要大十歲，然而我們後來的感情是很好的，我常常替他擔心。還記得有一回，他要受大戒了，他不大看經，想來未必深通什麼大乘教理，在剃得精光的囟門上，放上兩排艾絨，同時燒起來，我看是總不免要叫痛的，這時善男信女，多數參加，實在不大雅觀，也失了我做師弟

的體面。這怎麼好呢？每一想到，十分心焦，彷彿受戒的是我自己一樣。然而我的師父究竟道力高深，他不說戒律，不談教理，只在當天大清早，叫了我的三師兄去，厲聲吩咐道：「拚命熬住，不許哭，不許叫，要不然，腦袋就炸開，死了！」這一種大喝，實在比什麼《妙法蓮華經》或《大乘起信論》還有力，誰高興死呢，於是儀式很莊嚴的進行，雖然兩眼比平時水汪汪，但到兩排艾絨在頭頂上燒完，的確一聲也不出。我噓一口氣，真所謂「如釋重負」，善男信女們也個個「合十讚歎，歡喜佈施，頂禮而散」了。

出家人受了大戒，從沙彌升為和尚，正和我們在家人行過冠禮，由童子而為成人相同。成人願意「有室」，和尚自然也不能不想到女人。以為和尚只記得釋迦牟尼或彌勒菩薩，乃是未曾拜和尚為師，或與和尚為友的世俗的謬見。寺裏也有確在修行，沒有女人，也不吃葷的和尚，例如我的大師兄即是其一，然而他們孤僻，冷酷，看不起人，好像總是

鬱鬱不樂，他們的一把扇或一本書，你一動他就不高興，令人不敢親近他。所以我所熟識的，都是有女人，或聲明想女人，吃葷，或聲明想吃葷的和尚。

我那時並不詫異三師兄在想女人，而且知道他所理想的是怎樣的女人。人也許以為他想的是尼姑罷，並不是的，和尚和尼姑「相好」，加倍的不便當。他想的乃是千金小姐或少奶奶；而作這「相思」或「單相思」——即今之所謂「單戀」也——的媒介的是「結」。我們那裏的闊人家，一有喪事，每七日總要做一些法事，有一個七日，是要舉行「解結」的儀式的，因為死人在未死之前，總不免開罪於人，存著冤結，所以死後要替他解散。方法是在這天拜完經懺的傍晚，靈前陳列著幾盤東西，是食物和花，而其中有一盤，是用麻線或白頭繩，穿上十來文錢，兩頭相合而打成蝴蝶式，八結式之類的複雜的，頗不容易解開的結子。一群和尚便環坐桌旁，且唱且解，解開之後，錢歸和尚，而死人的一切冤

結也從此完全消失了。這道理似乎有些古怪，但誰都這樣辦，並不為奇，大約也是一種「惰性」。不過解結是並不如世俗人的所推測，個個解開的，倘有和尚以為打得精緻，因而生愛，或者故意打得結實，很難解散，因而生恨的，便能暗暗的整個落到僧袍的大袖裏去，一任死者留下冤結，到地獄裏去吃苦。這種寶結帶回寺裏，便保存起來，也時時鑒賞，恰如我們的或亦不免偏愛看看女作家的作品一樣。當鑒賞的時候，當然也不免想到作家，打結子的是誰呢，男人不會，奴婢不會，有這種本領的，不消說是小姐或少奶奶了。和尚沒有文學界人物的清高，所以他就不免睹物思人，所謂「時涉遐想」起來，至於心理狀態，則我雖曾拜和尚為師，但究竟是在家人，不大明白底細。只記得三師兄曾經不得已而分給我幾個，有些實在打得精奇，有些則打好之後，浸過水，還用剪刀柄之類砸實，使和尚無法解散。解結，是替死人設法的，現在卻和和尚為難，我真不知道小姐或少奶奶是什麼意思。這疑問直到二十年後，學了一點醫學，才明白原來是給和尚吃苦，頗有一點虐待異性的病態的。深閨的怨恨，會無線電似的報在佛寺的和尚身上，我看道學先生可還沒有料到這一層。

後來，三師兄也有了老婆，出身是小姐，是尼姑，還是「小家碧玉」呢，我不明白，他也嚴守秘密，道行遠不及他的父親了。這時我也長大起來，不知道從那裏，聽到了和尚應守清規之類的古老話，還用這話來嘲笑他，本意是在要他受窘。不料他竟一點不窘，立刻用「金剛怒目」式，向我大喝一聲道：

「和尚沒有老婆，小菩薩那裏來！？」

這真是所謂「獅吼」，使我明白了真理，啞口無言，我的確早看見寺裏有丈餘的大佛，有數尺或數寸的小菩薩，卻從未想到他們為什麼有大小。經此一喝，我才徹底的省悟了和尚有老婆的必要，以及一切小菩薩的來源，不再發生疑

問。但要找尋三師兄，從此卻艱難了一點，因為這位出家人，這時就有了三個家了：一是寺院，二是他的父母的家，三是他自己和女人的家。

我的師父，在約略四十年前已經去世；師兄弟們大半做了一寺的住持；我們的交情是依然存在的，卻久已彼此不通消息。但我想，他們一定早已各有一大批小菩薩，而且有些小菩薩又有小菩薩了。

四月一日

名家．解讀

在《我的第一個師父》裏，魯迅描寫了一個奇特的人物形象——「剃光頭髮的俗人」，為中國現代散文創作畫廊增添了光彩。

龍師父出家而在家，超凡而不脫俗。在作品裏，魯迅就攫住「凡俗」這一特質進行造型立意，從而體現了自己對現實生活的感受和思索。龍師父是個和尚，但在魯迅的筆下，他徹頭徹尾徹裏徹外不是個出家人，「瘦長的臉，高顴細眼，和尚是不應該留鬚的，他卻有兩絡下垂的鬍子」，這就是作品訴諸讀者的視覺直觀，本為出家人所「不應該」有的，而龍師父「卻有」了，外在的形象鮮明地顯示了內在的精神氣質：這是一個不同於眾的佛門弟子，他自有獨特的個性特徵。作為和尚，他不遵佛門規範，不守清規戒律，是一寺住持，卻不教徒弟「念一句經」，也不教他們「佛門規矩」，自己「平常也不念經」，只有當「穿起袈裟來做大和尚，或者戴上毗盧帽放焰口」時，才「莊嚴透頂」。和尚本是四大皆空，不應該有老婆，「然而他有」，年輕時風流倜儻，「是一個很漂亮而能幹的和尚」，佛門弟子理應清心寡欲，潛心修行，可他「交際很廣，認識各種人」，而且和

「戲子相識」，竟然「上臺替他們去敲鑼」，因此而鬧出不大不小的糾紛，但也因此而得了個老婆。

作品透過這些細緻而又簡潔的描寫，對龍師父的精神世界作了深入的揭示，他的那些行為，反叛意識是很明顯的，他壓根兒就沒有成祖成佛的意願，從來就不肯承擔一個住持法師的責任。佛門本是禁錮精神之地，而他卻敢於率性而為，任憑自己靈魂翱翔於自由天空，他理想的「桃源」不在世外而在人間，他嚮往的不是西天的極樂世界，而是紅塵的家室之樂。魯迅在這篇散文裏，出色地描繪了這麼一個「俗人」的和尚，其涵意是十分深刻的。

在《我的第一個師父》裏，作者採用了並列造型的對比手法，寫了三種類型人物，……對這些人物，作品均是淡墨素寫，鐵筆勾勒，不同色調形象的並列，不同精神世界的接觸，藝術對比的效應得到加強，蘊含於形象中的哲理寓意也由此而豐富了，那裏有作者對人生現象的透視，有他對歷史問題的理解，有他對社會現狀的批判，有他生活的信念和精神的寄託。這包孕著種種思想色素的內核，有力地引發起人們不同的聯想和思索，使人越咀嚼越有味，產生一種視覺上的「弦上之音」和感覺上的「弦外之音」。這應是本篇散文藝術成功的主要因素。

——陳孝全《不守清規的和尚 剃光頭髮的俗人》

「這也是生活……」

這也是病中的事情。

有一些事，健康者或病人是不覺得的，也許遇不到，也許太微細。到得大病初愈，就會經驗到；在我，則疲勞之可怕和休息之舒適，就是兩個好例子。我先前往往自負，從來不知道所謂疲勞。書桌面前有一把圓椅，坐著寫字或用心的看書，是工作；旁邊有一把藤躺椅，靠著談天或隨意的看報，便是休息；覺得兩者並無很大的不同，而且往往以此自負。現在才知道是不對的，所以並無大不同者，乃是因為並未疲勞，也就是並未出力工作的緣故。

我有一個親戚的孩子，高中畢了業，卻只好到襪廠裏去做學徒，心情已經很不快活的了，而工作又很繁重，幾乎一年到頭，並無休息。他是好高的，不肯偷懶，支持了一年多。有一天，忽然坐倒了，對他的哥哥道：「我一點力氣也沒有了。」

他從此就站不起來，送回家裏，躺著，不想飲食，不想動彈，不想言語，請了耶穌教堂的醫生來看，說是全體什麼病也沒有，然而全體都疲乏了。也沒有什麼法子治。自然，連接而來的是靜靜的死。我也曾經有過兩天這樣的情形，但原因不同，他是做乏，我是病乏的。我的確什麼欲望也沒有，似乎一切都和我不相干，所有舉動都是多事，我沒有想到死，但也沒有覺得生；這就是所謂「無欲望狀態」，是死亡的第一步。曾有愛我者因此暗中下淚；然而我有轉機了，我要喝一點湯水，我有時也看看四近的東西，如牆壁，蒼蠅之類，此後才能覺得疲勞，才需要休息。

像心縱意的躺倒，四肢一伸，大聲打一個呵欠，又將全體放在適宜的位置上，然後弛懈了一切用力之點，這真是一種大享樂。在我是從來未曾享受過的。我想，強壯的，或者有福的人，恐怕也未曾享受過。

記得前年，也在病後，做了一篇《病後雜談》，共五節，投給《文學》，但後四節無法發表，印出來只剩了頭一節了。雖然文章前面明明有一個「一」字，此後突然而止，並無「二」「三」，仔細一想是就會覺得古怪的，但這不能要求於每一位讀者，甚而至於不能希望於批評家。於是有人據這一節，下我斷語道：「魯迅是贊成生病的。」現在也許暫免這種災難了，但我還不如先在這裏聲明一下：「我的話到這裏還沒有完。」

有了轉機之後四五天的夜裏，我醒來了，喊醒了廣平。

「給我喝一點水。並且去開開電燈，給我看來看去的看一下。」

「為什麼？……」她的聲音有些驚慌，大約是以為我在講昏話。

「因為我要過活。你懂得麼？這也是生活呀。我要看來看去的看一下。」

「哦……」她走起來，給我喝了幾口茶，徘徊了一下，又輕輕的躺下了，不去開電燈。

我知道她沒有懂得我的話。

街燈的光穿窗而入，屋子裏顯出微明，我大略一看，熟識的牆壁，壁端的棱線，熟識的書堆，堆邊的未訂的畫集，外面的進行著的夜，無窮的遠方，無數的人們，都和我有關。我存在著，我在生活，我將生活下去，我開始覺得自己更切實了，我有動作的欲望——但不久我又墜入了睡眠。

第二天早晨在日光中一看，果然，熟識的牆壁，熟識的書堆……這些，在平時，我也時常看它們的，其實是算作一種休息。但我們一向輕視這等事，縱使也是生活中的一片，

卻排在喝茶搔癢之下，或者簡直不算一回事。我們所注意的是特別的精華，毫不在枝葉。給名人作傳的人，也大抵一味鋪張其特點，李白怎樣做詩，怎樣耍顛，拿破崙怎樣打仗，怎樣不睡覺，卻不說他們怎樣不耍顛，要睡覺。其實，一生中專門耍顛或不睡覺，是一定活不下去的，人之有時能耍顛和不睡覺，就因為倒是有時不耍顛和也睡覺的緣故。然而人們以為這些平凡的都是生活的渣滓，一看也不看。

於是所見的人或事，就如盲人摸象，摸著了腳，即以為象的樣子像柱子。中國古人，常欲得其「全」，就是製婦女用的「烏雞白鳳丸」，也將全雞連毛血都收在丸藥裏，方法固然可笑，主意卻是不錯的。

刪夷枝葉的人，決定得不到花果。

為了不給我開電燈，我對於廣平很不滿，見人即加以攻擊；到得自己能走動了，就去一翻她所看的刊物，果然，在

我臥病期中，全是精華的刊物已經出得不少了，有些東西，後面雖然仍舊是「美容妙法」，「古木發光」，或者「尼姑之秘密」，但第一面卻總有一點激昂慷慨的文章。作文已經有了「最中心之主題」：連義和拳時代和德國統帥瓦德西睡了一些時候的賽金花，也早已封為九天護國娘娘了。

尤可驚服的是先前用《御香縹緲錄》，把清朝的宮廷講得津津有味的《申報》上的《春秋》，也已經時而大有不同，有一天竟在卷端的《點滴》裏，教人當吃西瓜時，也該想到我們土地的被割碎，像這西瓜一樣。自然，這是無時無地無事而不愛國，無可訾議的。但倘使我一面這樣想，一面吃西瓜，我恐怕一定咽不下去，即使用勁咽下，也難免不能消化，在肚子裏咕咚的響它好半天。這也未必是因為我病後神經衰弱的緣故。我想，倘若用西瓜作比，講過國恥講義，卻立刻又會高高興興的把這西瓜吃下，成為血肉的營養的人，這人恐怕是有些麻木。對他無論講什麼講義，都是毫無功效的。

我沒有當過義勇軍，說不確切。但自己問：戰士如吃西瓜，是否大抵有一面吃，一面想的儀式的呢？我想：未必有的。他大概只覺得口渴，要吃，味道好，卻並不想到此外任何好聽的大道理。吃過西瓜，精神一振，戰鬥起來就和喉乾舌敝時候不同，所以吃西瓜和抗敵的確有關係，但和應該怎樣想的上海設定的戰略，卻是不相干。這樣整天哭喪著臉去吃喝，不多久，胃口就倒了，還抗什麼敵。

然而人往往喜歡說得稀奇古怪，連一個西瓜也不肯主張平平常常的吃下去。其實，戰士的日常生活，是並不全部可歌可泣的，然而又無不和可歌可泣之部相關聯，這才是實際上的戰士。

八月二十三日

名家・解讀

魯迅病倒了，他的生命之路將要走到盡頭。這是他自己也意識到的。在病情稍見好轉的間歇，他提筆寫下這一篇文章——他病中也不肯休息。

由自己的生病，想到事業和生活的關係，是這篇文章的主旨。這在以前他身體較好的時候是不大想起的。病把生活的空間大大縮小了。原來人們只注重生活中的精華而不注重枝葉，現在魯迅以他的切身經驗得出結論：「刪夷枝葉的人，決定得不到花果。」

「這也是生活」，這才是生活，是切實的、根本的生活。他的妻子為了讓他多休息沒有給他開電燈，他因此對她「很不滿，見人即加以攻擊」。因為這與本文主題有關，他需要生活啊。

下半部分專談文藝的題材問題。他首先批判一種錯誤觀

點即文藝必須一律為一種什麼政治鬥爭服務，在那時就是一切要服務於抗戰，其口號為「國防文學」（這與以前談到的「革命文學」有點兒相似）。他們把與抗戰無關的作品斥為不進步，甚至與漢奸文學同屬一類。魯迅不能同意——他生病了，這也是生活，你總要允許人生病吧，生了病寫一寫有什麼不好？以往他與革命文學爭論時，那些人還好，只說他「有閑」，罪還不算重，現在可有些危險了。如果繼續閑下去，不趕緊寫些打打殺殺的文字，罵罵日本鬼子，就有成為漢奸的可能，至少也是脫離廣大工農兵群眾。

……魯迅像荷馬一樣顧及整體的真實。他本人就是勤奮的戰士，休息很少，但他絕不會那樣英雄欺人，「連一個西瓜也不肯主張平平常常的吃下去」。他認為「戰士的日常生活，是並不全部可歌可泣的，然而又無不和可歌可泣之部相關聯，這才是實際上的戰士」。

——黃喬生《走進魯迅世界》

死

當印造凱綏・珂勒惠支（Kaethe Kollwitz）所作版畫的選集時，曾請史沫德黎（A・Smedley）女士做一篇序。自以為這請得非常合適，因為她們倆原極熟識的。不久做來了，又逼著茅盾先生譯出，現已登在選集上。其中有這樣的文字：

「許多年來，凱綏・珂勒惠支——她從沒有一次利用過贈授給她的頭銜——作了大量的畫稿，速寫，鉛筆作的和鋼筆作的速寫，木刻，銅刻。把這些來研究，就表示著有二大主題支配著，她早年的主題是反抗，而晚年的是母愛，母

性的保障，救濟，以及死。而籠照於她所有的作品之上的，是受難的，悲劇的，以及保護被壓迫者深切熱情的意識。

「有一次我問她：『從前你用反抗的主題，但是現在你好像很有點拋不開死這觀念。這是為什麼呢？』用了深有所苦的語調，她回答道，『也許因為我是一天一天老了！』……」

我那時看到這裏，就想了一想。算起來：她用「死」來做畫材的時候，是一九一〇年頃；這時她不過四十三四歲。我今年的這「想了一想」，當然和年紀有關，但回憶十餘年前，對於死卻還沒有感到這麼深切。大約我們的生死久已被人們隨意處置，認為無足重輕，所以自己也看得隨隨便便，不像歐洲人那樣的認真了。有些外國人說，中國人最怕死。這其實是不確的，——但自然，每不免模模糊糊的死掉則有之。

大家所相信的死後的狀態，更助成了對於死的隨便。誰

都知道，我們中國人是相信有鬼（近時或謂之「靈魂」）的，既有鬼，則死掉之後，雖然已不是人，卻還不失為鬼，總還不算是一無所有。不過設想中的做鬼的久暫，卻因其人的生前的貧富而不同。窮人們是大抵以為死後就去輪迴的，根源出於佛教。佛教所說的輪迴，當然手續繁重，並不這麼簡單，但窮人往往無學，所以不明白。這就是使死罪犯人綁赴法場時，大叫「二十年後又是一條好漢」，面無懼色的原因。況且相傳鬼的衣服，是和臨終時一樣的，窮人無好衣裳，做了鬼也決不怎麼體面，實在遠不如立刻投胎，化為赤條條的嬰兒的上算。我們曾見誰家生了小孩，胎裏就穿著叫化子或是游泳家的衣服的麼？從來沒有。這就好，從新來過。也許有人要問，既然相信輪迴，那就說不定來生會墮入更窮苦的景況，或者簡直是畜生道，更加可怕了。但我看他們是並不這樣想的，他們確信自己並未造出該入畜生道的罪孽，他們從來沒有能墮畜生道的地位，權勢和金錢。

然而有著地位，權勢和金錢的人，卻又並不覺得該墮畜生道；他們倒一面化為居士，準備成佛，一面自然也主張讀經復古，兼做聖賢。他們像活著時候的超出人理一樣，自以為死後也超出了輪迴的。至於小有金錢的人，則雖然也不覺得該受輪迴，但此外也別無雄才大略，只預備安心做鬼。所以年紀一到五十上下，就給自己尋葬地，合壽材，又燒紙錠，先在冥中存儲，生下子孫，每年可吃羹飯。這實在比做人還享福。假使我現在已經是鬼，在陽間又有好子孫，那麼，又何必零星賣稿，或向北新書局去算賬呢，只要很閒適的躺在楠木或陰沉木的棺材裏，逢年逢節，就自有一桌盛饌和一堆國幣擺在眼前了，豈不快哉！

就大體而言，除極富貴者和冥律無關外，大抵窮人利於立即投胎，小康者利於長久做鬼。小康者的甘心做鬼，是因為鬼的生活（這兩字大有語病，但我想不出適當的名詞來），就是他還未過厭的人的生活的連續。陰間當然也有主

宰者，而且極其嚴厲，公平，但對於他獨獨頗肯通融，也會收點禮物，恰如人間的好官一樣。

有一批人是隨隨便便，就是臨終也恐怕不大想到的，我向來正是這隨便黨裏的一個。三十年前學醫的時候，曾經研究過靈魂的有無，結果是不知道；又研究過死亡是否苦痛，結果是不一律，後來也不再深究，忘記了。近十年中，有時也為了朋友的死，寫點文章，不過好像並不想到自己。這兩年來病特別多，一病也比較的長久，這才往往記起了年齡，自然，一面也為了有些作者們筆下的好意的或是惡意的不斷的提示。

從去年起，每當病後休養，躺在藤躺椅上，每不免想到體力恢復後應該動手的事情：做什麼文章，翻譯或印行什麼書籍。想定之後，就結束道：就是這樣罷——但要趕快做。這「要趕快做」的想頭，是為先前所沒有的，就因為在不知不覺中，記得了自己的年齡。卻從來沒有直接的想到

「死」。

直到今年的大病，這才分明的引起關於死的預想來。原先是仍如每次的生病一樣，一任著日本的S醫師的診治的。他雖不是肺病專家，然而年紀大，經驗多，從習醫的時期說，是我的前輩，又極熟識，肯說話。自然，醫師對於病人，縱使怎樣熟識，說話是還是有限度的，但是他至少已經給了我兩三回警告，不過我仍然不以為意，也沒有轉告別人。大約實在是日子太久，病象太險了的緣故罷，幾個朋友暗自協商定局，請了美國的D醫師來診察了。他是在上海的惟一的歐洲的肺病專家，經過打診，聽診之後，雖然譽我為最能抵抗疾病的典型的中國人，然而也宣告了我的就要滅亡；並且說，倘是歐洲人，則在五年前已經死掉。這判決使善感的朋友們下淚。我也沒有請他開方，因為我想，他的醫學從歐洲學來，一定沒有學過給死了五年的病人開方的法子。然而D醫師的診斷卻實在是極準確的，後來我照了一張

用X光透視的胸像，所見的景象，竟大抵和他的診斷相同。

我並不怎麼介意於他的宣告，但也受了些影響，日夜躺著，無力談話，無力看書。連報紙也拿不動，又未曾煉到「心如古井」，就只好想，而從此竟有時要想到「死」了。不過所想的也並非「二十年後又是一條好漢」，或者怎樣久住在楠木棺材裏之類，而是臨終之前的瑣事。在這時候，我才確信，我是到底相信人死無鬼的。我只想到過寫遺囑，以為我倘曾貴為宮保，富有千萬，兒子和女婿及其他一定早已逼我寫好遺囑了，現在卻誰也不提起。但是，我也留下一張罷。當時好像很想定了一些，都是寫給親屬的，其中有的是：

一，不得因為喪事，收受任何人的一文錢。——但老朋友的，不在此例。

二，趕快收斂，埋掉，拉倒。

三，不要做任何關於紀念的事情。

四，忘記我，管自己生活。——倘不，那就真是糊塗蟲。

五，孩子長大，倘無才能，可尋點小事情過活，萬不可去做空頭文學家或美術家。

六，別人應許給你的事物，不可當真。

七，損著別人的牙眼，卻反對報復，主張寬容的人，萬勿和他接近。

此外自然還有，現在忘記了。只還記得在發熱時，又曾想到歐洲人臨死時，往往有一種儀式，是請別人寬恕，自己也寬恕了別人。我的怨敵可謂多矣，倘有新式的人問起我來，怎麼回答呢？我想了一想，決定的是：讓他們怨恨去，我也一個都不寬恕。

但這儀式並未舉行，遺囑也沒有寫，不過默默的躺著，有時還發生更切迫的思想：原來這樣就算是在死下去，倒也並不苦痛；但是，臨終的一剎那，也許並不這樣的罷；然

而，一世只有一次，無論怎樣，總是受得了的……。後來，卻有了轉機，好起來了。到現在，我想，這些大約並不是真的要死之前的情形，真的要死，是連這些想頭也未必有的，但究竟如何，我也不知道。

九月五日

名家．解讀

人人都會死的，人人都會因為周圍有人特別是親朋好友的病而死、禍而死、被殺戮而死引發同情之心。魯迅見過很多死。現在他自己要走到生命的終點，他不能不想到很多。因為剛剛做完的工作——編印珂勒惠支的版畫選集——他想起這位元藝術家一生創作的主題：早年的反抗，晚年的母愛，母性的保障，救濟與死。這不就是他本人一生為之奮鬥

的事業嗎？他的作品，揭示了中國人悲劇的命運，對被壓迫者被損害者寄予深切的同情，向沉悶的鐵屋發出呼喊和戰叫。魯迅在受著死神威脅的時候漫不經心地討論死後的事——中國的關於鬼神、輪迴的迷信——仍然是他一貫使用的雜文筆法，隨意而談，鬼域而人世，由己而及人，死的陰影在他似乎不算一回事。他的遺囑實際上也可以看作他為自己一生的行事所做的總結。

魯迅性格的獨特之處就在這裏。他對人生瞭解得多麼透徹，從生到死，在他，是一個戰鬥的歷程。我們記得他創造的鬼魂世界，那鄉村傳說的復活和延續，其中無常和女吊具有人性的美，雖是死和空虛，卻都在他的筆下獲得永久的生命。他願意死後化為這樣的復仇鬼，繼續戰鬥。

——黃喬生《走進魯迅世界》

女吊

大概是明末的王思任說的罷：「會稽乃報仇雪恥之鄉，非藏垢納污之地！」這對於我們紹興人很有光彩，我也很喜歡聽到，或引用這兩句話。但其實，是並不的確的；這地方，無論為那一樣都可以用。

不過一般的紹興人，並不像上海的「前進作家」那樣憎惡報復，卻也是事實。單就文藝而言，他們就在戲劇上創造了一個帶復仇性的，比別的一切鬼魂更美，更強的鬼魂。這就是「女吊」。我以為紹興有兩種特色的鬼，一種是表現對於死的無可奈何，而且隨隨便便的「無常」，我已經在《朝花

夕拾》裏得了紹介給全國讀者的光榮了，這回就輪到別一種。

「女吊」也許是方言，翻成普通的白話，只好說是「女性的吊死鬼」。其實，在平時，說起「吊死鬼」，就已經含有「女性的」的意思的，因為投繯而死者，向來以婦人女子為最多。有一種蜘蛛，用一枝絲掛下自己的身體，懸在空中，《爾雅》上已謂之「蜆，縊女」，可見在周朝或漢朝，自經的已經大抵是女性了，所以那時不稱它為男性的「縊夫」或中性的「縊者」。不過一到做「大戲」或「目連戲」的時候，我們便能在看客的嘴裏聽到「女吊」的稱呼。也叫作「吊神」。橫死的鬼魂而得到「神」的尊號的，我還沒有發見過第二位，則其受民眾之愛戴也可想。但為什麼這時獨要稱她「女吊」呢？很容易解：因為在戲臺上，也要有「男吊」出現了。

我所知道的是四十年前的紹興，那時沒有達官顯宦，所以未聞有專門為人（堂會？）的演劇。凡做戲，總帶著一點

社戲性，供著神位，是看戲的主體，人們去看，不過叨光。但「大戲」或「目連戲」所邀請的看客，範圍可較廣了，自然請神，而又請鬼，尤其是橫死的怨鬼。所以儀式就更緊張，更嚴肅。一請怨鬼，儀式就格外緊張嚴肅，我覺得這道理是很有趣的。

也許我在別處已經寫過。「大戲」和「目連」，雖然同是演給神，人，鬼看的戲文，但兩者又很不同。不同之點：一在演員，前者是專門的戲子，後者則是臨時集合的Amateur——農民和工人；一在劇本，前者有許多種，後者卻好歹總只演一本《目連救母記》。然而開場的「起殤」，中間的鬼魂時時出現，收場的好人升天，惡人落地獄，是兩者都一樣的。

當沒有開場之前，就可看出這並非普通的社戲，為的是台兩旁早已掛滿了紙帽，就是高長虹之所謂「紙糊的假冠」，是給神道和鬼魂戴的。所以凡內行人，緩緩的吃過夜

飯，喝過茶，閑閑而去，只要看掛著的帽子，就能知道什麼鬼神已經出現。因為這戲開場較早，「起殤」在太陽落盡時候，所以飯後去看，一定是做了好一會了，但都不是精彩的部分。「起殤」者，紹興人現已大抵誤解為「起喪」，以為就是召鬼，其實是專限於橫死者的。《九歌》中的《國殤》云：「身既死兮神以靈，魂魄毅兮為鬼雄」，當然連戰死者在內。明社垂絕，越人起義而死者不少，至清被稱為叛賊，我們就這樣的一同招待他們的英靈。在薄暮中，十幾匹馬，站在台下了；戲子扮好一個鬼王，藍面鱗紋，手執鋼叉，還得有十幾名鬼卒，則普通的孩子都可以應募。我在十餘歲時候，就曾經充過這樣的義勇鬼，爬上臺去，說明志願，他們就給在臉上塗上幾筆彩色，交付一柄鋼叉。待到有十多人了，即一擁上馬，疾馳到野外的許多無主孤墳之處，環繞三匝，下馬大叫，將鋼叉用力的連連刺在墳墓上，然後拔叉馳回，上了前臺，一同大叫一聲，將鋼叉一擲，釘在台板上。

我們的責任，這就算完結，洗臉下臺，可以回家了，但倘被父母所知，往往不免挨一頓竹（這是紹興打孩子的最普通的東西），一以罰其帶著鬼氣，二以賀其沒有跌死，但我卻幸而從來沒有被覺察，也許是因為得了惡鬼保佑的緣故罷。

這一種儀式，就是說，種種孤魂厲鬼，已經跟著鬼王和鬼卒，前來和我們一同看戲了，但人們用不著擔心，他們深知道理，這一夜決不絲毫作怪。於是戲文也接著開場，徐徐進行，人事之中，夾以出鬼：火燒鬼，淹死鬼，科場鬼（死在考場裏的），虎傷鬼……孩子們也可以自由去扮，但這種沒出息鬼，願意去扮的並不多，看客也不將它當作一回事。

一到「跳吊」時分——「跳」是動詞，意義和「跳加官」之「跳」同——情形的鬆緊可就大不相同了。臺上吹起悲涼的喇叭來，中央的橫樑上，原有一團布，也在這時放下，長約戲臺高度的五分之二。看客們都屏著氣，臺上就闖出一個不穿衣褲，只有一條犢鼻，面施幾筆粉墨的男人，他

就是「男吊」。一登臺，徑奔懸布，像蜘蛛的死守著蛛絲，也如結網，在這上面鑽，掛。他用布吊著各處：腰，脅，胯下，肘彎，腿彎，後項窩……一共七七四十九處。最後才是脖子，但是並不真套進去的，兩手扳著布，將頸子一伸，就跳下，走掉了。這「男吊」最不易跳，演目連戲時，獨有這一個腳色須特請專門的戲子。那時的老年人告訴我，這也是最危險的時候，因為也許會招出真的「男吊」來。所以後臺上一定要扮一個王靈官，一手捏訣，一手執鞭，目不轉睛的看著一面照見前臺的鏡子。倘鏡中見有兩個，那麼，一個就是真鬼了，他得立刻跳出去，用鞭將假鬼打落台下。假鬼一落台，就該跑到河邊，洗去粉墨，擠在人叢中看戲，然後慢慢的回家。倘打得慢，他就會在戲臺上吊死；洗得慢，真鬼也還會認識，跟住他。這擠在人叢中看自己們所做的戲，就如要人下野而念佛，或出洋遊歷一樣，也正是一種缺少不得的過渡儀式。

這之後，就是「跳女吊」。自然先有悲涼的喇叭；少頃，門幕一掀，她出場了。大紅衫子，黑色長背心，長髮蓬鬆，頸掛兩條紙錠，垂頭，垂手，彎彎曲曲的走一個全台，內行人說：這是走了一個「心」字。為什麼要走「心」字呢？我不明白。我只知道她何以要穿紅衫。看王充的《論衡》，知道漢朝的鬼的顏色是紅的，但再看後來的文字和圖畫，卻又並無一定顏色，而在戲文裏，穿紅的則只有這「吊神」。意思是很容易了然的；因為她投繯之際，準備作厲鬼以復仇，紅色較有陽氣，易於和生人相接近，……紹興的婦女，至今還偶有搽粉穿紅之後，這才上吊的。自然，自殺是卑怯的行為，鬼魂報仇更不合於科學，但那些都是愚婦人，連字也不認識，敢請「前進」的文學家和「戰鬥」的勇士們不要十分生氣罷。我真怕你們要變呆鳥。

她將披著的頭髮向後一抖，人這才看清了臉孔：石灰一樣白的圓臉，漆黑的濃眉，烏黑的眼眶，猩紅的嘴唇。聽說

浙東的有幾府的戲文裏，吊神又拖著幾寸長的假舌頭，但在紹興沒有。不是我袒護故鄉，我以為還是沒有好；那麼，比起現在將眼眶染成淡灰色的時式打扮來，可以說是更徹底，更可愛。不過下嘴角應該略略向上，使嘴巴成為三角形：這也不是醜模樣。假使半夜之後，在薄暗中，遠處隱約著一位這樣的粉面朱唇，就是現在的我，也許會跑過去看看的，但自然，卻未必就被誘惑得上吊。她兩肩微聳，四顧，傾聽，似驚，似喜，似怒，終於發出悲哀的聲音，慢慢地唱道：

「奴奴本身楊家女，

呵呀，苦呀，天哪！……」

下文我不知道了。就是這一句，也還是剛從克士那裏聽來的。但那大略，是說後來去做童養媳，備受虐待，終於弄到投繯。唱完就聽到遠處的哭聲，這也是一個女人，在銜冤悲泣，準備自殺。她萬分驚喜，要去「討替代」了，卻不料突然跳出「男吊」來，主張應該他去討。他們由爭論而至動

武，女的當然不敵，幸而王靈官雖然臉相並不漂亮，卻是熱烈的女權擁護家，就在危急之際出現，一鞭把男吊打死，放女的獨去活動了。老年人告訴我說：古時候，是男女一樣的要上吊的，自從王靈官打死了男吊神，才少有男人上吊；而且古時候，是身上有七七四十九處，都可以吊死的，自從王靈官打死了男吊神，致命處才只在脖子上。中國的鬼有些奇怪，好像是做鬼之後，也還是要死的，那時的名稱，紹興叫作「鬼裏鬼」。但男吊既然早被王靈官打死，為什麼現在「跳吊」，還會引出真的來呢？我不懂這道理，問問老年人，他們也講說不明白。而且中國的鬼還有一種壞脾氣，就是「討替代」，這才完全是利己主義；倘不然，是可以十分坦然的和他們相處的。

習俗相沿，雖女吊不免，她有時也單是「討替代」，忘記了復仇。紹興煮飯，多用鐵鍋，燒的是柴或草，煙煤一厚，火力就不靈了，因此我們就常在地上看見刮下的鍋煤。

但一定是散亂的，凡村姑鄉婦，誰也決不肯省些力，把鍋子伏在地面上，團團一刮，使煙煤落成一個黑圈子。這是因為吊神誘人的圈套，就用煤圈煉成的緣故。散掉煙煤，正是消極的抵制，不過為的是反對「討替代」，並非因為怕她去報仇。被壓迫者即使沒有報復的毒心，也決無被報復的恐懼，只有明明暗暗，吸血吃肉的兇手或其幫閒們，這才贈人以「犯而勿校」或「勿念舊惡」的格言，——我到今年，也愈加看透了這些人面東西的秘密。

九月十九——二十日

名家．解讀

引人注目的是，在魯迅關於女吊的敘述背後仍然存在著一個「他者」。因此，魯迅對女吊的回憶，就具有回歸自己

的「根」，以從中吸取反抗的力量的意義，而如文章開頭所說，此文又寫在魯迅生命的最後時刻，就更增添了特殊的分量。

女吊和無常一樣，都是底層人民創造的、寄託了他們的願望與想像的鬼。

在魯迅的形象記憶裏，他對演員以精湛的藝術所傳達出的女吊的神情，以及內心世界的精妙之處，可謂體察入微，且能用如此簡潔的語言表達得如此準確，簡直到了出神入化的地步。讀這樣的文字，真是一種享受！

但魯迅卻沒有沉浸在對人間鬼域的不幸者的同情與對民間反抗精神的讚揚中，他的語氣突然變得嚴峻起來，說到了「中國的鬼」的「壞脾氣」，而且「雖女吊不免，她有時也單是『討替代』，忘記了復仇」。……《女吊》最終傳達給我們讀者的，正是一種歷史的悲涼感。

——錢理群《魯迅筆下的兩個鬼》

國家圖書館出版品預行編目資料

朝花夕拾：魯迅／著，初版，新北市，
新視野 New Vision，2023.07
面；　公分 --
ISBN 978-626-97314-5-9（平裝）

855　　112006325

朝花夕拾
魯迅　著
方志野　主編

出　　版　新視野 New Vision
製　　作　新潮社文化事業有限公司
製 作 人　林郁
電話 02-8666-5711
傳真 02-8666-5833
E-mail：service@xcsbook.com.tw

總 經 銷　聯合發行股份有限公司
新北市新店區寶橋路 235 巷 6 弄 6 號 2F
電話 02-2917-8022
傳真 02-2915-6275

印前作業　東豪印刷事業有限公司
印刷作業　福霖印刷有限公司

初　　版　2023 年 8 月